怪談怖気帳《かいだんおぞけちょう》
地獄の庭

黒木あるじ

竹書房
怪談
文庫

まえがき　～頁も路も、表と裏がありまして～

二〇二三年、私は『怪談怖気帳』なる題名の書籍を上梓しました。

怪談イベントや講演で来場者より拝聴した〈奇妙な体験〉を記している取材ノート、通称【怖気帳】のなかから逸話を選りすぐった怪談本です。執筆に際しては採録日時や場所、話者の属性など克明に表記し、文章も口語で綴ってみました。それにより読者も怪談取材の〈現場〉を追体験できるのではないか——そう考えての試みです。

その目論見が成功したか否かは読者諸氏の判断に委ねますが、そんな縛りをおのれに課したおかげで、いささか難儀な事態も発生してしまいました。載せられない体験談が一定数発生したのです。「何処で誰が語ったか明かさない」「地名や時代の詳細を記さない」などの条件つきで語ってくださる話者は少なくありません。つまり、前作のように明確な日時と場所を記す形式では掲載が難しくなってしまうのです。

なぜ、彼ら彼女らがそれほどまでに秘密保持を乞うのか——理由は明白です。

どの話も禍々《まがまが》しいから。奇《あや》しいから。なんとも得体が知れないから。

どうやら、あまりの不気味さと荒唐無稽さゆえ「まんがいち自分が体験者だと周囲に知られては正気を疑われかねない」との不安から、みな仔細を隠そうとするようです。反面、それは第一級の奇談、上質の怪談という証左にほかなりません。

私はおおいに煩悶しました。話者の事情も理解できるものの、このまま埋もれさせてしまうのはあまりにも惜しい。できれば拝聴した場の空気ごと読者へ届けたい。

悩んだすえ、本書は話者が許す範囲で日時や場所などを表記し、文体も本人の口調に準拠するいっぽう、それ以外の詳細は隠す形式を採用しました。いわば前作を〈明るい表通り〉とするなら、本書は〈陰った裏路地〉ということになるでしょうか。

暗路ならではの不穏な気配に震えてもらえたなら、お化け屋として嬉しく存じます。

前述したとおり採録場所は詳しく明かせませんが、取材にあたっては大石屋、喜久屋書店仙台店、小松クラフトスペース、戸田書店山形店、新庄市読み聞かせ連絡協議会、新庄市立北高等学校、新庄市立明倫学園、新庄市雪の里情報館、せんだいメディアテーク、高畠町立図書館、東北芸術工科大学校友会、長井市立図書館、長井八文字屋、中山町立図書館、長井市議会事務局、東根市まなびあテラス、ブックユニオンたかはた、山形県立図書館、山形市西部公民館、山形美術館、山寺芭蕉記念館、遊佐町立図書館、湯殿山竜泉寺（以上、五十音順）にご協力いただきました。この場を借りて関係者ならび話者に篤く感謝申しあげます。なお、此処に記していない施設やイベント等が複数ある旨も、あらかじめお断りしておく次第です。

なにゆえ無記載なのかは、あえて述べるまでもないでしょう。

そう――この頁の先に綴られているのは、そのような〈裏の話〉ばかりなのです。

目次

まえがき　～頁も路も、表と裏がありまして～　2

顔刀　10

地獄の庭　11

会いたいあの人　17

死ぬ前　21

ぬすみいなり　25

のこびき　28

おたんじょう　32

墓のなか　36

第八防空壕　38
二秒チェック　46
チカちゃん　49
卒業写真のあの人は　53
わるいこ　56
にえがやける　63
すずなり　69
やまかくし　74
寺電　78
空いた座布団　81

全滅 84
黒神 86
ごあいさつ 91
よくない店 97
画鋲女 106
しぼむ 113
奇縁もご縁 116
むかで猫のムム 119
桜色の女 127
うしろで 132

南の島のお人形 134
ＡＩの山 142
ふるえどころ 148
樹海に似た部屋 152
あめをんな 156
だるま地蔵 160
しぬあそび 163
手をたのむ 168
巨影 173
天井裏の奇跡 182

遊女山　188

石手　192

おあずかり　196

粗影　202

ドアの花　207

塾の奥　212

月と人魂　221

母と子たち　227

あの日の喧嘩　230

助言　234

※本書は体験者および関係者に実際に取材した内容をもとに書き綴られた怪談集です。体験者の記憶と主観のもとに再現されたものであり、掲載するすべてを事実と認定するものではございません。あらかじめご了承ください。

※本書に登場する人物名は、様々な事情を考慮してすべて仮名にしてあります。また、作中に登場する体験者の記憶と体験当時の世相を鑑み、極力当時の様相を再現するよう心がけています。今日の見地においては若干耳慣れない言葉・表記が記載される場合がございますが、これらは差別・侮蔑を助長する意図に基づくものではございません。

顔刀

【採録：二〇二三年・某講演会にて／話者：六十代代女性・居住地は伏す】

前の職場で、同僚に「これ、祖母なの」と一枚の写真を見せられたことがあります。古い白黒写真でね、和室に髪を結った着物姿の女性が立っているんですけど。その女性の口から日本刀がまっすぐ突きでて、斜め上に伸びているんです。

絶句しているわたしを見て、その同僚が笑いながら「撮影したときにはね、もちろん刀なんてなかったみたい」と教えてくれました。

「お祖母《ばあ》さん、これを撮った数日後に襲われたの。祖父のお妾《めかけ》さんから、匕首《あいくち》で顔面を十回以上刺されてね、舌と上顎がちぎれちゃったんだって。すごいでしょう」

そのあと同僚は無断欠勤が続き、いつのまにか辞めていました。だから、それ以上のことは判《わか》らないんですが――あの人、なんでそんな写真を持ち歩いていたんでしょうね。

どうしてあのとき、自分に見せてくれたんですかね。

地獄の庭

【採録：二〇二二年・某イベントにて／話者：四十代女性・東北地方在住】

わたしの実家、俗にいう旧家なんですね。

たぶん会場のみなさんがイメージする旧家そのままの家だと思いますよ。築百年近く経ったお屋敷で、襖《ふすま》で区切られた畳敷きの和室がいくつもあって、長い縁側の向こうには松の老木や巨石が置かれた庭が広がっている——そんな時代がかった雰囲気の家です。たまに「それだけ古いと不便だったでしょう」なんて訊かれますが、生まれたときから住んでいるので便利も不便もないんですよね。とりわけ、遊ぶ場所に事欠かなかったのが子供の自分にとっては嬉しかったです。座敷を横断しながらの鬼ごっこや、土蔵を使ったかくれんぼ。わたしにとっては家のすべてが遊び場だったんです。

ところが。

たった一ヶ所だけ、侵入を禁じられていた処《ところ》がありまして。

庭——厳密には、庭の片隅にある六十センチ四方の空間だけは「なにがあっても絶対に入んでねえよ。〈じごく〉に足を差すでねえよ」と、きつく言い含められていました。

はい、そうです。祖父母や両親は、その狭い一角を〈じごく〉と呼んでいたんですよ。文字に起こしたことはありませんけど、〈地獄〉の意味で間違いないと思います。

なんとも物騒なネーミングに反して、〈じごく〉はなんの変哲もない場所でした。毒草が植わっているとか古井戸があるとか、一見して危険だと判るような空間ではないんです。ただ、よくよく観察してみると草が周辺よりわずかに短いんですね。おまけに木々の類は一本も伸びておらず、地面が露出しているんですよ。そのため、かろうじて「この部分が〈じごく〉なんだな」と目視で判る仕組みなんです。

なぜ、ここには草木が生えないんだろうか。もしや、下になにかが埋まっている所為《せい》で大ぶりの植物が育たないんじゃないか。埋まっているものの禍々しさゆえに、〈じごく〉と呼ばれているんじゃないか――幼いわたしがそんな想像をめぐらせたのも無理はないと、こういう怪談イベントへお越しになる方であれば理解してもらえるでしょうか。

けれども真実は判りませんでした。家族に訊ねましたが、祖父母は頑として口を割りませんでしたし、母親は他所《よそ》から嫁にきた人なので本当になにも知らなかったようです。唯一、父親だけは「そのうちな」と思わせぶりに答えてくれましたけど。

とはいえ、わたしが〈じごく〉に興味を抱いていたのは、せいぜい小学校低学年までの話です。禁忌《きんき》を破って入ったところで、面白いものが存在するわけでもないですからね。大きくなるにしたがって庭で遊ぶ機会も減り、自然と関心が薄れていったんです。やがて中学に入り高校へ進み、大学進学のため上京するころには〈じごく〉のことなどすっかり忘れていて──思いだしたのは、社会人になって数年目の秋でした。

その日の昼休み、父親から会社に電話があって。

八十歳になる祖母が〈じごく〉で死んだというんです。

「地獄に落ちた」という比喩ではありません。言葉どおり庭にある〈じごく〉の中央で膝を抱えた状態のまま息絶えていたらしいんですよ。

ぼそぼそと喋る父親の声に耳を傾けながら、わたしは首を捻《ひね》っていました。

だって、そんなの不可能なんです。

祖母は亡くなる二年前に腰の骨を折って、それ以来寝たきりの状態でした。だから歩くことはおろか、自力で立ちあがることさえままならなかったんです。おまけに祖母が寝ていた部屋は庭の対角、つまり〈じごく〉からいちばん離れている場所なんですね。

起立もできない老人がどうやってそこまで行ったのか──いろいろ腑に落ちないまま、

わたしは祖母の葬儀に参列するため急いで実家へ戻りました。と――数年ぶりに帰宅したわたしを見るなり、父は縁側まで引っぱっていくと、

「バアさん、夜中に姿が見えねえと思ったら……あすこで死んでおったわ」

そう言いながら父が指した庭は、驚くほど荒れはてていました。

上京前は定期的に刈られていたはずの松は枝も葉も伸び放題。下草も腰の高さほどに茂っているありさまだったんです。

「ひどい状態だね。どうしたの」

隣の父へ言葉をかけながら庭を眺めるうち、わたしはふいに気づきました。〈じごく〉へ辿りつくためには目の前の藪《やぶ》を横断しなくてはいけません。けれど、庭の草木には踏み折れた気配がまったくないんです。

だとしたら、祖母はどうやって〈じごく〉まで移動したのか。

それ以前に、どんな方法で縁側までやってきたのか。

訊ねたものの父は答えませんでした。「祖母が亡くなったというのに、これ以上なにを隠すつもりなのか」と腹立たしくなって、わたしは矢継ぎ早に質問を浴びせたんです。〈じごく〉とはなんなのか。なぜ不吉きわまりない名称がついているのか。これほど庭

が荒廃しているのは〈じごく〉と関係があるのか。あの六十センチ四方の空間に、いったいどんな秘密が隠されているのか。

わたしが言い終えたあとも父はしばらく沈黙していましたが、まもなく長い息を漏らし「お前が家ぁ継ぐことになったら、そんときに教えるで」と、力なく言いました。

「これは家を継ぐ者しか知ってはならねえし、逆に継ぐ者は知っとかねばならねえんだ」

もし、知らねえままだと――。

父がそこまで言いかけた直後、ちょうど母親がわたしたちを呼びに縁側までやってきたため、話は途中で終わってしまいました。その後は通夜に葬儀にと家族全員が慌ただしく追われてしまい、結局は聞けずじまいになってしまったんです。

そして――翌年、わたしは職場を辞めて東京のアパートも引きはらいました。現在は、故郷で暮らしています。はい、そうです。はからずも実家を継ぐ形になったわけです。

けれども〈じごく〉に関しては、いまもなにひとつ知らないんです。

だって。

教えてくれるはずの父が、昨年の暮れに死んでしまったので。

〈じごく〉のまんなかで、縮こまるように膝を抱えた姿で。

だからわたし、母を独りにしておけず地元へ戻ってきたんですよ。

なにも判らないまま、〈じごく〉のある家で生きているんですよ。


実は今日この怪談イベントに参加したのは「なにかご存じの方がいれば」と思ってのことなんです。お願いします、似た事例を知っているお客さんはいませんでしょうか。

〈じごく〉って、どういう意味なんでしょうか。

わたしの家の庭で、なにが遭ったんでしょうか。

会いたいあの人

【採録：二〇二一年・某イベントにて／話者：四十代女性・福島県在住】

さきほど〈虫の知らせ〉の話を聞きながら「幸せな最期だ」と羨ましくなりました。

（筆者注：この日のイベントでは、参加者から死の予兆＝虫の知らせに関連した体験を事前に集め、それらを発表していた）

実はわたしも、似たような能力——能力というほど立派なものではないんですけど、直感が的中した経験が何度かあるものですから。

ふいに「あ、なんだかあの人に会いたいな」と思うんですよ。なんの前触れもなく。するると、数日後にその人が死んだとお知らせが届くんです。

ただ、困ったことに病死や老衰ではなくて。

殺されちゃうんです、みんな。

ひとりめは、遠縁の親戚でした。

法事で一度しか顔を合わせたことがないのに、無性に「会いたいな」という気持ちが湧いてきて。そしたら翌週「内縁の奥さんに刺されて亡くなった」と連絡をもらって。ええ、全国ニュースにもなりました。喧嘩の最中に奥さんが包丁を持ちだしたので、慌てて逃げようとしたところ、背中を何度も何度も。よっぽど深く切られたみたいで、傷口から内臓がこぼれそうになっていた——と、葬儀の席で聞きました。

ふたりめは、学生時代にアルバイトしていた喫茶店の店長です。なんとはなしに顔が浮かんで「まだお店はあるのかな」なんて半日くらい考えていたんですよ。すると翌月、バイト仲間でいまだに交流のある女の子が「ねえ、聞いた?」と電話をくれまして。店長の死体が[redacted]県の山中で見つかったそうで。お金絡みのトラブルに巻きこまれて、生きたまま埋められたらしいです。バイト時代からたびたび金銭で揉めてはいたけど、まさか殺されるだなんて思わなかったのでさすがに驚きましたね。

その後も、知人の奥さんがひとり息子にゴルフクラブで殴られて亡くなったりとか、同僚の娘さんがクラスメイトの車に同乗していて事故で死亡したりとか、さまざまで。はい、仰《おっしゃ》るとおりです。殺された全員、顔と名前を知っている人なんですよ。

それで「自分は人の死を予感できるのかもしれない」と考えるようになったんです。

あの日までは。

去年――いや、コロナが流行《はや》る前だから一昨年だったかな。店長の死を教えてくれた元バイト仲間とお茶をしていたんです。そのとき、いまの話になって。

「これ、超能力だよね。もっとコントロールできれば、あらかじめ亡くなる人を助けることもできるかもしれないよね。なんだか神様か天使みたいでスゴくない？」

ほんの軽い気持ちで、そんな言葉を口にしたんですが――その子は笑わなくて。

「違うと思うんだけど」

彼女、にこりともせずにそう言って。

「死んだ人たちってさ、あなたが思いだした直後に殺されてるんだよね？」

「……どういう意味よ」

「つまりさ、まもなく死ぬ人が頭に浮かんでいるんじゃなくて、あなたが思いだすから殺されちゃうんじゃないの？　天使というより死神なんじゃないの？」

わたしの持論が正しいのか、それとも彼女の説が合っているのか、真相は判りません。

ただ——その日を境に、誰かを思いだして「会いたいな」と考えるのが恐ろしくなったことは事実です。いまは、そのような願いを抱かないよう懸命に努めています。

もし、唐突に黒木さんの顔が脳裏に浮かんだ際は急いでご連絡しますね。そのときはくれぐれも、殺されないように気をつけてください。

死ぬ前

【採録：二〇二四年・某図書館にて／話者：四十代女性・宮城県在住】

わたしの家、死ぬ前に来るんです。

はい、そうです。家族に関係する人——親戚や友人が、かならず亡くなる直前に家を訪ねてくるんですよ。

姿を見せるわけではありません。音が聞こえたり、なにかが落ちたりと、予兆めいた異変が起こるんです。幻聴や錯覚ではない証拠に、そのとき家にいる家族全員が異変を見聞きします。そして早ければその日のうちに、遅くても翌日か翌々日には誰かしらの訃報が届いて、みなは「ああ、あの人が来たんだな」と納得するわけです。

面白いことに、長らく床に伏せていたとか最近体調が悪かったとか、そういった死の際《きわ》にあった人だけ来るわけじゃないんですね。事故とか急病とか——あるいは自殺とか、予測だにしない亡くなり方をした親族や同級生も、その前に訪ねてきます。あれだけはすこし不思議ですね。まあ、来ること自体が不思議といえば不思議なんですが。

そうそう、面白いといえばもうひとつ――異変には男女差がありまして。男性が来るときは、けっこうパターンが別れるんです。ドアを激しくノックしたり、大きな音を立てて椅子を倒したりと、どこか子供っぽいメッセージが多い気がします。で、対する女の人は、きまって〈水〉なんです。お風呂場から、ぱしゃんぱしゃんと行水するような音が聞こえることもあれば、シンクの脇に置いてある洗いカゴから水がざばざば溢れていたこともあります。ウチの母は「あたしたちの世代は絶えず水仕事をしてるから、習性なんじゃないかね」なんて言ってましたけど、とにかくこの男女間の違いは九割九分的中するんですよ――ただ。

一度だけ、はずれたことがありまして。

ある夜、わたしは持病の薬を飲もうと流し場へ水を汲みに行ったんです。

そしたら、ガスコンロの火が点いているんですよ。

それも普通の青い炎じゃなくて、焚き火みたいに真っ赤な火が、ごおっ、ごおっ、と音をあげながら、高々と燃えさかっているんですね。わたしは「天ぷら油へ引火したに違いない」と思って、慌ててスイッチを消しました。

ところがコンロを見たら、お鍋もヤカンも乗ってないんです。

そもそも夕食が終わって二、三時間は経っていましたから、家族の誰ひとり台所には立ち入ってないんですよね。まんがいち点けっぱなしにしていたとしても、いまどきのコンロって自然に消えるじゃないですか。そこでやっと「有り得ない」と気がついて。

「どういうことよ」と首を捻っているうち、居間のほうで母の携帯が鳴って。

まもなく「ええっ」って母の絶叫が台所まで聞こえてきて。

○○町に住む叔母さんが火事で亡くなった──というんです。

お料理を作っているさなか、服の袖に火が燃えうつったんだそうで。しかも叔母さん、運が悪いことに燃えやすい化繊の服を着ていたらしくて、あっというまに火が服全体へ燃えひろがちゃって、火柱と化したまま玄関まで逃げてきたみたいなんです。ところが、よほど慌てていたのか内鍵を開けることができずに、そのまま黒焦げで炭の棒みたいになって死んじゃったんだ──そう、お葬式の席でこっそり教えてもらいました。

我が家に帰ってきてから両親と「やっぱり、あれは叔母さんが来たんだな」「いつもは水の音だけど、焼け死ぬときは炎なんだねえ」なんて頷《うなず》きあいました。

あとにもさきにも法則が当たらなかったのは、その一度きりです。

はい、いまも異変はありますよ。

父方の従兄が長患いだと聞いているので、そろそろなにか見聞きしちゃうかも――という予感がぬぐえなくて、最近すこし怖いんですよね。

「男の人だからねえ。大きなものを倒すとか壊すとか、片付けが面倒だと困るねえ」

呑気な母は、そんなふうに愚痴っています。

ぬすみいなり

【採録：二〇二四年・某講演会にて／話者：六十代女性・山形県在住】

　昭和六十三年に、我が家のお稲荷さんが盗まれましてね。

　敷地の片隅に小ぶりのお社《やしろ》があったんですよ。祖父が若いころ、京都の伏見さんから分けてもらったものなんですけど、そこに陶器のちいさな狐さんが祀られていたんです。はい、そのとおりです。狛犬みたいにちょこんと両脇に置かれている、あの狐さんです。

　それがある朝、消えていて。

　最初は「盗まれた」なんて思わなかったんですよ。だって、そんなものを盗んだって高く売れるわけでもないでしょ。だから家族は「強風で吹き飛んだ」とか「カラスが咥えていっちゃった」とか、そんなところだろうなと考えていたんですね。

　それで「こういうものは近所の神社で新しく買っていいのかね」「やっぱり京都まで行かないと駄目なのかな」なんて、みんなで話していたんですが――。

　そんなおり、隣家のご主人がいきなり訪ねてきまして。

「これは返すから、なんとか許してもらうよう頼んでくれないか」

涙声で言いながら――狐さんを二体、差しだしてきたんですよ。

その両手の指が、Ｓの字みたいに曲がってるんです。

おまけに爪も一枚残らず剥《は》がれているんです。指先がぐじゅぐじゅと赤いんです。

そう、隣のご主人が犯人だったんですよ。

無類の骨董好きだったみたいで、散歩の途中で狐さんを見かけて、つい出来心で懐《ふところ》に入れちゃったんですって。こっそりコレクションにするつもりだったんでしょうね。

ところが、家に戻って靴の紐を解こうとしたら、ばちん、ばちん、と、爆竹を指先で破裂させたみたいに爪がぜんぶ吹き飛んじゃって。それから半日ほどで指もぐきぐきに曲がってしまって。それでもう怖くなって、我が家へ返却しにきたんだそうです。

告白を聞いた祖父は――さぞ怒るかと思いきや、意外にも笑顔で。

「よしよし、近いうちに伏見さんへお参りに行ってお詫びしよう。ただ、どうなるかは稲荷さん次第だから、治らなくても我が家を恨んでは困るよ」

そう諭してから、ご主人を帰宅させました。

ところが祖父、お参りをしなかったんです。伏見さんはおろか近所の稲荷神社にさえ行かなかったんですよ。

「人間でも狐さんでも、腹が立っているときは仲立ちした者ですら逆恨みするものだ。だから、恨まれた本人がすべて引き受けるまでは手を出さないほうがいいんだ」

それから一ヶ月もしないうち、隣家は引っ越していきました。

ご主人、治るどころか悪化してしまったみたいでね。母がちらっと見かけたときには、げっそりと痩せこけ、顔が狐みたいに細くなっていたみたいです。

祖父の言葉を借りれば、すべて引き受けてしまったんでしょうね。

いまでも狐さんはお社に祀《まつ》られています。

幸い、あれから盗まれたことはありません。まあ、あの事件を知っている家族は誰も心配していないんですけどね。もし盗まれても――かならず返しにきますから。

のこびき

【採録：二〇二二年・某敬老会にて／話者：八十代男性・山形県在住】

オラの家は、祖父《じっ》ちゃの代から黒[redacted]って屋号になっての。本当だらば、黒[redacted]ってのは本家が名乗るんだけンどよ、家筋が絶えたもんで分家のウチが引き継いだんだ。

オラが産まれる前に、まあいろいろ遭ったんだな。んだば、その話すっかや。

本家ァ大地主サマでの。集落のはずれに自分の山ァ持っておったんだ。薪ァ伐《き》るにも炭ィ焼くにも手前《てめぇ》の山で伐れば良いんだもの、まンず便利であったんだべな。
ンでもよ、山ってなァつきあいが難しいんだ。口にして悪い《駄目な》言葉があったり、入って悪い日があったりすンのよ。

特に[redacted]月八日は、自分の山でも他人の山でも絶対に足を差してはならねェんだど。祖父ちゃは「神サマが山渡りする日だもの」と言っておったわ。「自分の姿ァ見られっど神サマが怒っから、その日は家で大人しくしてねェば悪いんだ」っての。

けンど、本家の大主人《おおあるじ》という人ァ、それを迷信だど思っておったんだべな。

ある年、「オラが買った山だ。いつ木を伐ろうが文句言われる筋合いはねえべや」と、[redacted]月八日の朝に無理やり山サ行ったんだと。よっぽど欲の皮ァ張っておったんだが、自分がいちばん偉いど思っておったんだが、そこは判らねェけンどの。

ンで、大主人はたまたま目についた細い木に鋸《ノコ》かけたらしいんだな。鋸っても大工が使う両刃のやつでねェよ。このへんでドンヅキって呼んでおる片刃の鋸だわ。太い樹を倒すんであれば歯の粗い両刃が便利だけンどよ、細い木だらドンヅキのほうがきれいに伐れるんだ。たぶん、一本伐って集落の連中に「ほれ、なんも起きねえべや」と威張る腹積りであったんだべな——ところがよ。

いざ刃を当ててみだれば、細い木がホイホイ逃げだんだと。蝮《まむし》か蚯蚓《みみず》みてェに細い幹が右サ左サ動いで、器用に刃を避けたんだと。

オラだば怖くてすぐに山ァ下りるけンどよ、大主人は違ったんだな。「草木のくせに、ンだ莫迦《ばか》くせことあっかや」と、まンず腹立てての。なんとしてでも伐ってやらねば、気持ちがおさまらねがったんだべ。

そンで、諦めたフリしてドンヅキ降ろすと、木が動きを止めたところですばやく幹をがっしり押さえてよ。鋸をぶんぶんぶんぶん力まかせに曳いだんだど。
逃げる樹木でも、さすがに刃が入れば終わりよ。とうとう伐られてしまっての。
大主人ァ転がった木を眺めながら「どうだ、この野郎」と息を吐いて――。
ふっと気がついたれば、本家の土間サ座っておったんだど。
「なんだや、これ」
大主人、驚いてあたりを見だればよ。
目の前で、ふたつになる息子が首ちぎれで死んでおったって。
ンだ。木だど思って、我が子を鋸でざっくざっく曳いたんだな。
あとはもう大騒ぎよ、オラの祖父っちゃも仲間から呼ばって本家サ行ったらしいの。
「血の海よ。あれァ怒った山に化かされたんだべな」
暗い顔で、そう話しておったっけなァ。

ん、大主人か。
それからまもなくして消えたんだと。葬式終わって三日も経たねェうち、死んだ子のちいせェ綿入れ半纏《はんてん》を羽織ったまま山サ走っていって、それきりだ。

そのあと嫁コも逃げだして、とうとう継ぐ者が誰も無ぐなったもんで、屋号は分家の我が家が引き継いだンだ。そういう話よ。

黒[redacted]の山ァ、オラの産まれる何年も前に祖父ちゃが誰かサ売ったみてェだけンど——いまごろ、どうなってっかなあ。山サ入ったりしてねェど良いんだがなあ。

おたんじょう

【採録：二〇二二年・某敬老会にて／話者：八十代男性・山形県在住】

オレも喋っていいが。あのよ、五十の歳によ、黒[redacted]と（筆者注：前話「のこびき」に登場した山のこと）違う山で、おっかねえ目に遭ったんだ。

春先にコシアブラ採りサ行ったのよ。

童児《オボコ》から行きなれた山だもの、目ェつむっても歩ける。裏庭みてェなもんだわ。

ンでもよ、その日は景色がおかしいんだな。

何処がどうおかしいんだって訊かれっと、上手に言われねェンだけど――木の枝とか尾根の形とか、いつもとすこしだけ違うんだ。風の音も鳥の声も録音を流したみてェに遠くてよ。「山が山の真似をしてる」感じがするんだな。

オレよ、熱あるんだべなと思ったのよ。まあ思うべや。具合悪くて眼《まなこ》が変になってるんだろうと、そういうふうに解釈したんだな。

ほンで「今日はあべ《帰るべ》」と、里までくだる道ァ探しておったらよ――。

トンネルがあるんだわ。

石のトンネルでねェ、木のトンネルだ。

目の前の樹木が雪でもおっかぶさったように、ぐううっと撓《たわ》んで古い隧道みてェに曲がっておっての。そいつが、ずっとずっと先まで続いてるんだわ。

オレぁ「なんだや、これ」って首傾げながらトンネルのなかサ入っての。

ンだ。入ったんだ。理由は――なんでだべな。入らねェと駄目な気がしたんだな。

ところがよ――左右を覆った木が、だんだん小さくなっていくんだわ。最初は立って歩けておったのが、いつのまにか背を曲げねェと進めねェほど狭くなってんのよ。

「やれ困ったもんだ」とは思ったけンど、戻るにもひと苦労だべ。だからオレァ屈んで前進したんだわ。穴ァどんどん窄《すぼ》まるもんで、這って進むのがやっとでよ。いま思えば歩けるはずがねェんだけンど――不思議と歩けたんだな。自分が童児サなって、背丈が縮んだみてェな感じだっけの。

そのうち、陽の光も射さねェほどに翳《かげ》ってきてよ。

顔サぶつかってんのが、枝だか泥だか判らなくなっててよ。昏《くら》くて見えねェんだけンど、やたらと温かいんだ。人肌で湿ってるんだ。オレぁ、心地好さに惚《ほう》けたまんま穴ぐらを這いずって這いずって、這いずりまわって、とうとう行き止まりまで来てよ。目の前ァ暗闇だ。それでもオレぁ、穴の先サ行きたくて堪らなくての。腕を伸ばして、指先に触れたかたまりを掻きむしって。ようやく光が見えたもんで、力まかせにこじ開けると頭を捩《ね》じこんだのよ。そしたら――。

家の庭サある池に嵌《は》まっておったんだわ。

違う違う、落ちたんでねェ。ほんの一瞬で、池サ腰まで浸かっておったんだ。家まで帰るのに、休まず駆けても二時間ァかかるんだよ。まず有り得ねえべ。

孫サ教えたら「ワープだ、ワープだ」ど喜んでおったな。はは、莫迦くせえ話だ。

(筆者、「それは胎内《たいない》くぐりではないか」と問い、スマホで関連画像を見せる)

ふうん、そういうのがあンだか。胎内――穴をとおって生まれ変わるンだか。

そんな感覚だった気もするな。うん、いま話ァ聞いで納得したわ。

あれは、たぶん山が産気づいて胎《はら》を開けたんでねェのかな。

オレぁ、うっかりそれに巻きこまれたんだべな。間違って産まれたんだべな。だから、あんなに温かったんだべな。

その山？　あれからずっとご無沙汰だ。コシアブラは産直で買うようになったわ。
だってあんたの話だと、オレァ胎内くぐったんだべ。山から産まれてしまったんだべ。
誕生したら、あとは死ぬばっかりだもの。
もっぺん山サ入ったらどうなるか――なんとなく判るんだ。
だから、もう行かねェんだ。

墓のなか

【採録：二〇二二年・某敬老会にて／話者：七十代男性・山形県在住】

おれのカガァ《女房》が亡くなったとき、「墓じまいすっか」って話サなったんです。ほら、息子夫婦は盛岡サ家建てでしまったでしょう。もうこっちサ戻ってくることもねェし、盆だ暮れだと帰ってきて墓の管理するのも大変だべし。いっそ岩手の霊園サ、骨ァぜんぶ移すべやってことになったんですっけ。

ンでよ、いちおう墓じまいの法要を執りおこないましての。菩提寺の住職サお経あげしてもらって、「死んだあとに引っ越すんだもの、母ちゃんも驚ぐべな」て息子と笑いながら、墓石ガリガリずらして骨壺ァ取りだしたんです。

ンで、念のため蓋ァ開けで中身を見だったらよ——人でねえの。動物の頭の骨が、ごろりんと入ってンだ。犬くれえの大きさだったなァ。

いやいやいや、そんなものァ誰も入れねェです。ペット霊園でねェんだがら。

ンで、骨ァ見るうち「そういやカガァ、死ぬ前に妙だったの」と思いだしてよ。

田んぼサ行っても手ェひらんひらん揺らしながら踊っておったり、知りあいから魚ァもらっても、焼き方が判らねェんだが生のまんま何時間も見でおったり。

「さて、どうすべ」と悩んでおった矢先、布団のなかで丸まって死んでおったんです。

思いかえしてみれば、フキ採りに[redacted]山サ行ってから変になったんだっけ。

ンだがら、あの日に獣と入れ替わっておったんでしょう。

「ずいぶん早く逝ってしまって」と寂しぐ思ったけど、あれァ獣の寿命だったんだべな。

その骨ですか――菩提寺が「ウチでは無理だ、引きとってけろ」と譲らねェもんでよ、いまァ岩手の霊園に納まっております。

ンだがら、おれァ女房に化けた獣ど一緒の墓サ入るんです。はっはっは。

第八防空壕

【採録：二〇二四年・某公民館にて／話者：七十代男性・居住地は伏す】

年寄りなもので、要領を得ない話になるかもしれません。どうかご容赦ください。

平成十[redacted]年、私が中学校で数学の教員をしていたときの出来事です。

地元の郷土史会で防空壕を調査することになりましてね。厳密には、本物の防空壕かどうかを調べたんですが。

[redacted]市の山中に人工と思われる洞穴があり、地元民からは〈第八防空壕〉と呼ばれていたんです。ところがこの第八防空壕、自治体の資料にも記載が見あたらないんですね。

そこで私の所属する郷土史会が調査を請け負った――との流れだったようです。

ただ、調査といってもそれほど大掛かりなものではありません。現に、当日集まったメンバーは会長の茂木さん（仮名）と古参会員の目黒さん（仮名）、そして会員になってまもない私の三人だけでしたから。

茂木さんは私の先輩にあたる定年まぎわの社会科教師で、地元では名が知れた在野の研究者でした。そんな方から直々に誘われたとあっては断れません。やむなく私も会員名簿に名を連ね、さらには調査にまで駆りだされてしまったわけです。

当日は、小雨がぱらつく肌寒い日でしたね。

われわれ三名は雨合羽を着こみ、羊歯《しだ》が群生する野道を震えながら進んでいました。茂木さんも第八防空壕へ入るのは初めてとのことで、すこし緊張していたのでしょうか、道中はあまり口数が多くなかったように記憶しています。

ところがそのとき、私は別な事情で焦《あせ》っていまして。おろしたばかりのスニーカーを、うっかり履いてきてしまったんですね。おかげで「泥だらけにして妻に叱られるのではないか」と気が気ではなく、足元にばかり注意が向いているという有様でした。

そんなわけで顔を伏せたまま行軍していたところ、やおら茂木さんが叫びまして。

「ここだ！」

声に顔をあげると、いかにもトンネル然とした縦穴が山肌に口を開けているんです。

間違いありません。それこそが第八防空壕でした。

侵入すべきか否か様子を窺《うかが》っている茂木さんと目黒さんを横目に、私は先頭を買って洞内へ踏みこみました。別に勇猛だったわけではありません。「ぬかるんだ山道よりは靴が汚れないだろう」という、きわめて打算的な思惑があったんです。

目視で確認したところ、穴は入り口の高さがおよそ二メートル半、奥行きは八メートルほどありました。内壁は木材で補強されており、床にはコンクリが敷かれています。

「天然の窟《いわや》を改築したのかな。防空壕としてはかなり広いですねえ」

「第八というからには、ほかの場所に七つ存在したんでしょうか」

私に続いて洞内へと入ってきた茂木さんと目黒さんは、さっそく議論を交わしながら熱心に壁や床を調べはじめました。いっぽう、つきあいで同行した私は彼らほど知識がないもので、おふたりの調査をすこし離れた場所から見守っていたんです。

すると目黒さんが「あ」と声を漏らし、壁の一角を指しましてね。

促されるままに目を向けると、長方形の紙が木製の壁に貼られているんです。

紙はどうやら古びた和紙のようで、表面には文字とおぼしき痕跡が残っていました。すでにほとんどが消えており、書かれている内容はまったく判読できません。

「神社のお札にも似てますね。すると此処《ここ》は宗教施設だったんでしょうか」

私がなにげなく問いかけてみたものの、おふたりはなにも答えませんでした。

当初、私は「素人の的はずれな質問に失笑しているのだろうな」と、おのれの浅学を恥じていたのですが、まもなく「そうではないらしい」と察しました。茂木さんは目を瞑《つむ》ったまま「まさか、第八というのは……」と、なにやら考えこんでおり、目黒さんも腕組みをしながら「しかし、あれはとっくに……」と深刻そうに呟いているのです。

あきらかに数分前と様子の異なるおふたりを前に、私は――やや鼻白んでいました。防空壕の調査だというから同行したのに、いったいどういうつもりだ。たかが紙きれ一枚見つかっただけで芝居がかった真似をするとは、まるで三流の怪奇小説じゃないか。申しわけないが、専門家の態度とは思えない――内心、そのように呆れていたのです。恥ずかしながら、三十路を迎えてなお青臭さが抜けていなかったのでしょう。

「防空壕だってお札の一枚くらい貼りますよ。まして戦時下の施設です、苦しいときの神頼みなんでしょう。もっとも、本当に神様がいるなら負けなかったわけですが」

大先輩に向かって軽口を叩いた、その直後でした。

およそ場違いな電子音が、洞内に鳴り響いたんです。

驚く私の前で、目黒さんが「あ、失礼」と手を挙げました。

「私の携帯電話です。こんなときに……誰だろう」

そう言って彼はチョッキのポケットをまさぐっていましたが、まもなく「変だな」と首を傾げました。携帯が何処にも見あたらないというのです。

目黒さんが困惑しているあいだも、着信音は止む気配がありません。仕方なく、私と茂木さんも音の居場所を探ろうと耳をそばだてて――はたと気がつきました。

着信音、床の奥から聞こえているんです。

携帯電話がコンクリのなかに埋まっているとしか思えないんです。

「……目黒さん、これはやっぱり」

「そうですよねえ。そういうことですよねえ」

顔を見あわせるおふたりを無視して、私は腹這いで床を捜索しました。田舎教師とはいえ数学者のはしくれ、非科学的な出来事を鵜呑みにできなかったんですな。

なに、おおかた携帯電話は側溝にでも落下したに違いない。反響している所為で音の所在が判らなくなっているだけだ――そう思ったんです。思いたかったんです。

けれども、捜索は早々に終わってしまいました。目黒さんが「もう止しましょう」と言って、私を引き起こしたからです。

「これは〝早く立ち去れ〟という警告ですよ」

「いやいや、そんな馬鹿げた話はないですよ。誰が警告するというんですか。わざわざ〝帰れ〟と脅すために、目黒さんの携帯電話を盗んだと仰るんですか」

「奪われたのは、彼ばかりではありませんよ」

茂木さんが静かにそう言うと、右腕をこちらに突きだしてきました。

「私も、ほら」

彼の手首は、帯状に白くなっていました。腕時計の日焼け跡です。第八防空壕に入る直前まで、たしかに彼が装着していた腕時計が消えているんですよ。

「……みなさん、若輩者の私をからかっているんでしょう。だって、だって私はなにも失くしてなど」

発言が終わるのを待たず、おふたりが揃って私の足元へ視線を向けました。

「あ」

スニーカーの紐が消失していたんです。数分前まで結んであったはずの紐がほどけているんです。どこにも見あたらないんです。

私が口を噤《つぐ》んだ直後、待っていたかのように着信音も止まりまして。

さらさらという雨の音だけがあたりに響いていたのを、いまでも憶えています。

「さあ、帰りましょう」

茂木さんの言葉に、私は頷くしかできませんでした。

その後、どのような報告をしたものかは判りません。私はそれきり郷土史会と疎遠になってしまったもので。話によれば、茂木さんの定年に伴って解散したようです。


あれから四半世紀が過ぎ、すでに茂木さんも目黒さんも鬼籍に入りました。

残った私もこの年齢になりました。もはや記憶もおぼろげですから、第八防空壕への道程を知る者は誰もいません。そこで、会場のみなさんにお願いがあります。

まんがいち第八防空壕の所在地を突きとめて、あの場所を訪ねたあかつきには、古い携帯電話や腕時計、靴紐が転がっていないか探してほしいのです。

もし、普通に見つかれば「粗忽《そこつ》なわれわれが落としただけだ」という楽観的な結論になります。しかし、どこにも見あたらなかったとしたら。もし、地面の下から電子音が聞こえてきたら――。

あそこは本当に防空壕なのでしょうか。そうでないとすれば、なにゆえ地元では防空壕だと伝えられてきたのでしょうのか。そもそも第八とはどういう意味なのでしょうか。

私はいまも気になっているのです。あの日の出来事がなんだったのか知りたいのです。
そんなお願いのために、今日は思い出話をさせていただきました。

二秒チェック

【採録：二〇二四年・某イベントにて／話者：五十代男性・山形県在住】

介護師の妹へ「今日は怪談イベントに行ってくるよ」と言ったら「じゃあ、この話をしてくれれば」と手紙を預かってきました。

私、耳で聞いて憶えるのが苦手なもので、妹に書いてもらった内容を読みますね。

ええと——。

（話者、リュックから便箋を二枚とりだす）

[redacted]市西部から[redacted]トンネルへ向かう途中に急カーブがあって、そこにお地蔵さんが一体立っています。角度的に車のライトで照らされるため、いやでも目に入ります。

私は勤め先の介護施設へ車で向かう際、毎日のようにお地蔵さんの前を通過します。

朝は基本的に問題ないのですが、夜勤などで暗い時間帯に走っていると、ときどきおかしなことになります。時間は二秒くらいなので、勝手に「二秒チェック」と命名して、なにかあった場合の判断材料にしていました。

先日、職場で雑談をしていたところ、同僚の多くもその場所を通るときに似たような体験をしている事実が判明しました。面白かったので彼ら彼女らに聞きとりをおこない、その内訳をまとめたのが以下になります。

もしも深夜に通過することがあったら、参考にしてください。

(話者、二枚目の紙を読みはじめる)

・普通の地蔵……問題なし。
・いつもより大きい(一・二倍くらい)……驚くけど特に問題なし。
・いつもより大きい(二倍くらい)……たまに手が痺《しび》れる。それ以外は問題なし。
・顔が欠けている……見たあとしばらく体調が悪くなる。一時間ほどで治る。
・横向きで草むらに転がっている……怪我をする可能性大。注意して勤務を。
・地蔵がいない(いないだけ)……夜勤の仮眠で金縛りに遭う。覚悟して寝ること。
・地蔵がいない(代わりに白い手が揺れている)……事故の危険。すぐ迂回すること。
・地蔵がいない(頭の細長い子供が立っている)……なにがあっても引き返すこと。

・地蔵が口を開けている……前施設長が目撃経験あり。報告後に彼は急死。

チカちゃん

【採録：二〇二四年・某図書館にて／話者：四十代女性・山形県在住】

娘が三歳のとき、近所にある公園へ連れていったんですね。

たまたまそういう時間帯だったらしく、ほかのお子さんやママは不在でした。あまり社交的じゃない自分は「独りの時間を満喫できる」と、ひそかに喜んでいたんです。

そんなわけで、娘を子供用の噴水で遊ばせながら、わたしは近くのベンチでスマホを弄っていたんですけど――娘は五分も経たずに駆けもどってきちゃって。

「あら、もう水遊びは終わりなの？」

「チカちゃんね、おうちに帰るんだって。だからあたしも帰る」

なんだか意味が判らないことを口にするんです。

「チカちゃんって、どこの子？」

「さっき噴水にいたでしょ！　チカちゃんも一緒に水遊びしてたでしょ！」

娘は地団駄を踏んで主張しているんですが、やっぱり公園にはわたしたち以外に誰もいないんですよ。

当初は「空想の産物かな」と思いました。

イマジナリーフレンドでしたっけ、幼児は脳内で創った友だちがいる——なんて話をすこし前に聞いていたもので、チカちゃんもその一種だろうと考えたんですね。

あ、こういう場合は無下《むげ》に否定しちゃいけないんだっけ——無神経な発言を反省したわたしは「チカちゃんってどんな子なの?」と、それとなく訊ねました。

ところが娘の説明するチカちゃんの特徴、なんだか異様に具体的なんです。

栗毛の髪に青色のリボンをつけていたとか、娘とおなじブランドのお洋服の色違いを持っているとか、自宅では有名な女児向けアニメを毎日観ているとか——。

娘には衣料品のブランド名なんて教えていないし、夫の方針で幼稚園にあがるまではテレビやネット動画を見せないと決めていたんです。だから、服もアニメも固有名詞を知っているはずがないんですよ。

「え、まさか幽霊じゃないよね」って一瞬ゾッとしたんですけど、子供って移り気じゃないですか。翌週はなにも言わなくなったので、私自身もすっかり忘れていたんです。

けれども、翌年に事件が起きまして。

その年の春、わたしたち一家は主人の仕事で他県に引っ越すことになったんですね。それで、運よく空きが見つかった幼稚園へ娘を預けることにしたんですよ。

するとと登園初日、送迎バスから降りてきた娘に「楽しかった？」って訊ねたところ、

「きょうはね、チカちゃんと遊んだよ」

名前を耳にした瞬間、もう卒倒するかと思いました。

これは、どういうことだろう。新しい環境になじめず、イマジナリーフレンドが再び出現したのだろうか。それとも玩具や遊具をチカちゃんと命名したのだろうか。まさか幽霊が娘に取り憑き、引っ越し先まで来たなんてことは、ないと信じたいけれど——。

パニックになりながらも、わたしは幼稚園の先生に「チカちゃんって名前のお子さん、園にいらっしゃいますか？」と、念のために訊ねたんです。そしたら——。

いたんですよ、チカちゃん。おなじ年中組に。

「なんだ、たまたま同名のお子さんがいたのね」と安堵したのもつかのま、続く先生の話を聞くなり、わたしは再び倒れそうになりました。

チカちゃんは、栗色の髪にいつも青いリボンをつけているお子さんなんだそうです。

しかも娘とおなじブランドのお洋服を着ていて、おまけに大好きなアニメの主題歌を、絶えず口ずさんでいるというんです。

すべて、娘が教えてくれた特徴そのままなんですよ。

その後にお遊戯会で見かけたチカちゃんは、とても可愛らしいお嬢さんで、ご両親もごく普通のお父さん母さんなのでホッとしました。

とはいえ、しばらくは娘に幼稚園のことを聞くのが怖かったですね。

うちの娘ですか。その後は何事もなく、おかげさまでもうすぐ成人を迎えます。

けれども、チカちゃんの一件はまったく憶えていないようで。わたしが水を向けても「なにそれ。ちょっと怖いんだけど」と、こっちがおかしいみたいに言われるんです。

「あのとき発言を録音しておけば良かったな」と、ちょっぴり悔やんでいますね。

卒業写真のあの人は

【採録：二〇二三年・某大学祭にて／話者：四十代男性・東北地方在住】

あの、今日は見てほしいものがあって来たんです。ちょっといいですか。

（話者、紙袋からケースに入った大判の冊子を取りだす）

自分の高校の卒業アルバムなんですけど。ええと、ちょっと待ってください。たしかこのへんに――あ、あったあった。これ、うちのクラスの集合写真で。

（話者、アルバムの一ページを開いて指をさす）

ここ、ここです。見えますか。

担任の右側、三列目に立つ男子生徒の脇から顔が見えるでしょ。

こんな人、その場にいなかったんです。

見たことのない顔なんです。生徒でも先生でもないんです。

この日は全員の顔が映るように、私たち生徒は階段状の踏み台へのぼっていました。

けっこう奥行きがある踏み台なんで、男の顔がある位置には誰も立てないんです。それに、当日はプロのカメラマンさんが撮っているんですよ。陰になっている生徒がいれば気がつきますよね。これほどはっきり顔が見えていたら指摘しますよね。

いろんな人に見せたんですけど、みんな「悪戯《いたずら》でしょ」って信じないんですよ。「手前に立ってる生徒と共謀して、心霊写真ごっこしただけだよ」なんて言うんです。でも、それだけはないと断言できます。だって手前の男子生徒、私なんですから。

そんなわけで、今日は専門家に鑑定してもらいたくてアルバムを持参したんです。誰なんですか、この人は。

わるいこ

【採録：二〇二一年・某講演会にて／話者：四十代女性・茨城県在住】

幽霊とか見たわけじゃないけど、すごく怖かった体験があるんですよ。

わたし、四年前まで家族経営のちいさな卸会社に勤めていたんです。基本的に社長も仕事もゆるくて働きやすい職場だったんですが、いっこだけ変な規則があって。

ファクシミリ禁止なんです。

〈電源をいれない！〉って書かれたＡ４用紙が、旧いファックス機にセロハンテープで貼ってあるんです。注意書きの紙は黄ばんでるし、テープの糊もベタベタ溶けてたんで「ずいぶん前に貼られたものだろうな」と思ってました。

禁止の理由ですか――判りません。「ブレーカーが落ちるのかな」とか「電子レンジは繋ぎっぱなしなのに」とか疑問はいろいろありましたけど、特に不便もなかったんでスルーしてたんです。第一、クライアントさんが書類をファックスで送ってくるなんて、一年に一度あるかないかだし、仮に送ってきた場合もコンビニ受信できますからね。

そんなわけで、ファックスは電源が抜けっぱなしのまま放置されていたんですが――。

ある年の暮れに仕事納めの大掃除をしていたとき、新人くんが間違ってコンセントを挿しちゃったんですね。

そのとたん、ガアアアアィィ――とファックスが唸《うな》りはじめて。

最初は「ひさびさに電源を入れたし、再起動しているのかな」と思ったんですけど、まもなく一枚の紙が出てきて。

【わるいこ■■■】

たった一行、昔のワープロっぽいガタガタした文字で印字されていました。けれど、後半の文字は潰れちゃって読めないんです。

大掃除に飽きていたタイミングだったんで、みんな妙に盛りあがっちゃって。

「ちょっとこれ、何年前に送信されたのさ」

「こんなミスプリント送ってくるなんて、どこの会社だよ」

「悪い子ってなんスか。良い子じゃないから叱られてるんスかね」

そんな感じで笑ってたんです。そこにちょうど社長が顔を見せたので、コンセントを抜いた新人くんが「ちょっと、見てくださいよ」と、その紙を持ってったら——。

「なにやってんだッ！」

いつも温厚な社長がいきなり金切り声を張りあげて。

唖然としている新人くんからプリントを引ったくると、ちぎれんばかりのいきおいでファックスのコンセントを引きぬいちゃったんです。

「これ、誰も写真に撮ったりネットに載せたりしてないよね。拡散してないよね」

戸惑うわたしたちに、社長は何度も何度も念を押してきました。

その場の全員が顔を見あわせて頷くと、ようやく社長も落ちつきを取りもどして——

いや、ちょっと違うな。落ちついたんじゃなくて、顔から表情が消えて。

「驚かせて申しわけありません。今日はこれで終わりましょう。終わりましょう」

早口でそんなことを言うんです。

けれど、大掃除はまだ半分くらいしかやってないんですよ。ファックス禁止を破ったから仕事納めが中止だなんて、どう考えても変じゃないですか。でも、さっきの態度を見たあとでは、そんなことを言いだせる雰囲気じゃなくて。

困り顔の社員をよそに、社長は「終わりましょう」と何度か口にしてから、

「みなさんのためです。ありがとうございました、良いお年を」

淡々とした調子で告げ、お辞儀をしました。

そんなの、もう従うしかないじゃないですか。仕方なく、みんな整理中だった書類や窓拭き用の雑巾を放置して会社を出ました。わたしも「俺、やらかしたんですかね」と落ちこむ新人くんを慰めながら家に帰ったんです。


翌年、正月休みが明けて出社したら——会社、つぶれてたんです。

オフィスの入り口は鍵が閉まってて、ガラス戸には一枚の紙が貼られてて。

「都合により廃業することになった」とか「取引先への通達は終えた」とか「社員には誠心誠意の補償をする」とか、そんな内容が淡々と書かれてるんです。

経営がやばいなんてぜんぜん聞いてなかったんで、もう驚くしかないですよね。

わたしがドアの前に立ち尽くしているうち、同僚が次々に出社してきました。みんな寝耳に水だったみたいで「ウソでしょ」「なんで」と絶句してたんですけど——。

例の新人くんが「え、これって」とドアに顔を近づけて。

「この貼り紙、ファックスのあれじゃないですか」

彼が言うとおり、紙の裏側に【わるいこ[redacted]】って文字がうっすら見えるんです。

その一文に訂正線が引かれて、脇に別な字が手書きで足されているんですよ。

わたしが紙を剥ぎとって確認すると、裏には鉛筆の薄い文字で、ひとことだけ。


【わるいことです】


その後、お給料や保険はその月のうちに会社の代理人を名乗る方から連絡があって、驚くほどスムーズに処理されました。

その点はホッとしたんですけど、会社がいきなり廃業した理由も、ファックス禁止の用紙を再利用した理由も、「わるいこと」って言葉の意味も、ぜんぶ不明のままで。

会社の電話も社長の携帯も、あの日を最後に通じなくなっちゃって。

それから、半年ほどが経ったころでした。

再就職した企業でデスクワークをしていると、先輩社員が「ここって、前に勤めてたところじゃないの」と新聞の記事を見せてくれたんです。

新聞には、会社が入っているあのビルで火事があった——と書かれていました。

今日は記事のコピーを持参したんで、ちょっと読んでみますね。

あの——本にするときは、検索されないよう場所とか日時とか文章の言いまわしとか、すこし変えてもらえますか。はい、お願いします。

〈[redacted]月[redacted]日午前二時ごろ、[redacted]市[redacted]二丁目で「火と煙が見え、なかから人の笑い声がする」と一一九番通報があった。消防がポンプ車など五台で消火にあたり、火はおよそ一時間半後に消し止められた。この火事で、焼け跡からは死後およそ二ヶ月が経過していると見られる男性の遺体が、サイドボードの上に座った状態で発見された。[redacted]市消防本部によると、現場は雑居ビルの二階で、出火元は[redacted]関連の会社が入居していたが昨年末に廃業し、現在は空きテナントとなっている。警察と消防では、亡くなったのはこの会社の六十代になる社長と見て、火事の原因を詳しく調べるとともに、会社社長が空きテナントで死亡した理由、通報者が聞いた声が誰のものかを捜査している〉

以上になります。あ、でも最後にひとつだけ補足してもいいですか。
記事に書かれてるサイドボードって、あのファックスを乗せていた台なんですよ。
ファックスがあったその場所に座って、社長、死んでたんです。

にえがやける

【採録：二〇二四年・某公民館にて／話者：三十代女性・東北地方在住】

わたしが小学生のころ、町内に神社っぽい場所があったんですけど。そうなんです。「っぽい」なんです。そこ、正式な神社ではないんですよ。まわりの大人たちは便宜上〈神社〉と呼んでいましたが、それは俗称みたいなもので、いわゆる神道系の施設ではなかったらしいんですよね。

敷地の入り口には生木の鳥居が建っているんですけど、神社らしい要素はそれだけ、ほかには拝殿も石灯籠も参道もないんです。鳥居以外にあるのは簡素なプレハブ小屋と、奇妙な二体の造形物だけなんですよ。ね、なかなか変でしょ。

（筆者の「その造形物は狛犬ではないのか」という問いに、話者が首を横に振る）

たしかに二体ありましたけど、狛犬なんかじゃありません。だって、紐状に伸ばした粘土をパスタみたいにまとめて、それを三段に重ねあげている――喩えるなら〈子供が造った脳の塔〉みたいな物体なんですから。高さは五、六歳児くらいはあったかなあ。

そんなもの、どう考えても狛犬じゃありませんよね。

そういう怪しげな場所なもんで、地元の人間は誰ひとり近づきませんでした。初詣はもちろん、参拝に訪れる人も皆無だったと思います。まあ、そもそも鳥居と〈脳みその塔〉しかないのでお参りのしようがないんですけども。

訪問者自体はときどきいるんですよ。けれど、このあたりじゃ見ない顔ばかりで。

ええ、わたしも何度か目撃しました。県外ナンバーの車が路上に停まっていたりとか、スーツの男たち数人がプレハブ小屋に出入りしていたりだとか。あとは造形物を摩《さす》っているところも目にしましたね。

〈筆者の「脳の塔を磨いていたのか」という確認に対し、話者が再び首を振る〉

ううん、「磨く」という感じではなかったと思います。磨いてキレイにするんだったらタオルとか使いますよね。でもね、その人たちは素手で撫でているんです。おまけに、掌ではなく手の甲で造形物を擦《こす》り続けてるんですよ。何度も、何度も。

ここまで説明すれば、住民がその場所を敬遠していた理由も伝わりますかね。だから我が家を含め近所の人は、なるべく関わらないようにしていたんですが——。

あるとき〈神社〉が、いきなり更地になっちゃったんです。

気がついたときには鳥居もプレハブ小屋も造形物もなくなっていて。地面もすっかり均《なら》されちゃって。でも、いつのまに撤去したのか町内の誰も知らないんですよ。

で、あれよあれというまに建て売り住宅ができて、ご家族が引っ越してきたんですね。若いご夫婦と五、六歳の娘さんの三人でしたよ。旦那さんも奥さんも物腰のやわらかな人で、スーツの男たちみたいに怪しい雰囲気ではなかったです。

とはいっても、前に建っていたモノがモノでしょ。みんな微妙に距離を置いていて。なかには「あんな土地に住むなんて大丈夫なのかね」なんて口さがないことを言う人もいましたね。まあ──その不安は当たっちゃうんですけども。

御一家が引っ越してきて、一年くらい経ったころでしたかね。

わたし、真夜中に父親から叩き起こされまして。

「おい、火事だぞ。すぐ近所だ」

見ると、たしかに窓の向こうで赤い回転灯が光っていて、消防車のサイレンが鳴っているんです。はい、すぐに寝巻きにコートを引っかけて、父親と外に飛びだしまして。

火元は、神社跡に建っているあのお宅でした。

すでに三十名近い野次馬が来ていましたけど、彼らの背中ごしでも夜空に伸びる炎がありありと見えて、子供の目にも「これは全焼だな」と判りましたよ。

それで、消防士が懸命にホースで水をかける様子を眺めていたんですが——そのうち、まわりの大人たちの声が耳に入ってきて。

「不審火みたいだぞ。ご家族、留守なんだって」

「昨日、急にご主人の身体が麻痺しちゃったらしいよ」

「家族全員が病院に泊まりこんで不在だったんだと」

聞き耳を立てつつ「そういう情報をどこで仕入れてくるんだろう」と半ば呆れていた矢先に、二階の窓ガラスが破裂して、屋根がすさまじい音を立てながら崩れ落ちて。

さすがにわたしも火の勢いが怖くなって、父親に帰宅を促そうとした——その直後。

「なんでだよ」

父親がそう言いながら、火柱と化している家を指さしたんです。

視線を住宅に戻すなり、父が発した言葉の意味をすぐに理解しました。

九割方が燃えてしまったのに、梁と柱の一部——左右の太い柱が二本と、横に走っている梁ふたつ——そこだけが、生木みたいに白いまま焼け残っているんですね。

そうなんです。形も色も鳥居そっくりなんですよ。

野次馬のなかにも気づいた人が何人かいたようで「あれって鳥居だよね」とか「あの場所、ちょうど前に建っていた場所じゃないの」とか、ひそひそ囁く声が聞こえて。もうみんな、目の前の異様な光景に釘づけで。明け方近くになって、ようやく鳥居の柱が崩落するまで、ほとんどの人が現場に残っていました。

その後、まもなく住宅は取り壊されてしまい、再び更地になりました。でも、あのご家族に関する続報は町内の誰も知りませんでしたね。火事以来どなたの姿も見かけなくなってしまったもので。なので、ご主人がどうなったのかも、そもそも本当に前の晩は病院にいたのかも、なにひとつ不明のままなんです。

と、ここで話が終われば「なんだか怖いね」で済むんでしょうけど。
半年くらい経ったころかな——更地に、新しい鳥居が建ったんです。場所もまったく一緒、あの柱と梁のあった位置なんですよ。以前のような小屋とか造形物は設置されておらず、鳥居と空き地だけがあるばかりでしたけど。
誰が土地を買ったのか、何者が鳥居を再建したのか。町内じゅう気にしていましたが、やはり詳しいことは判りませんでした。でも――。
わたし、なんとなく確信しているんですよね。
あの家族は〈一種の生贄《いけにえ》〉みたいなものだったんじゃないかって。
もう、この世にはいないんじゃないかって。

はい、鳥居はまだあります。
帰省するたびにあの場所を車で通りますが、いまでも実家の近くに建っていますよ。
まあ本音を言うなら、更地になってほしくはないんですよね。
だって――そしたら、また生贄が出るかもしれないじゃないですか。

すずなり

【採録：二〇二四年・某公民館にて／話者：四十代女性・東北地方在住】

私の嫁いだ集落で熊さわぎがあったんです。

いまみたいにニュースで報道される、ずっと前の話ですよ。お爺ちゃんが「散歩中に熊を見たぞ！」と言いふらしたのがきっかけだったはずです。

でも、なにせ田舎の農村でしょ。〈みなさん気をつけましょう〉なんてボンヤリした広報があっただけ。どう気をつければ良いか、なんにもアドバイスがなくて。

だからわたし、「こうなったら自衛するしかないな」と、長男と長女のランドセルに鈴をぶら下げたんですよ。夫と京都旅行へ行ったときに[redacted]神社で買った鈴です。音がけっこう大きいので、熊よけになるだろうと思ったんですね。

長男はしばらく恥ずかしがっていましたが、そのうち仲良しの同級生も下げるようになって、クラスでは鈴ブームが起きたそうで。本人は「俺が流行らせたんだぜ！」と、得意そうでした。子供ってゲンキンですよね。

あ、すいません。ここからが本題で。

ある日——長女が小学校から帰ってくるなり、わたしの袖を引っぱるんですよ。

「ヤバいかも、ちょっと一緒に来て」

わたし、てっきり熊が出たんだと思って「家にいなきゃ駄目だよ」と止めたんですが、娘は「熊じゃない。もっと変なもの」って、おかしな返事を繰りかえすばかりで。

仕方なく長女に案内されるまま、わたしは外に出ました。熊に遭ったら娘を守ろうと、枝切り用の長いハサミを握りしめながら歩いていたのを憶えています。

そしたら、長女が田んぼと集落の境目にある十字路で足を止めまして。

どうしたんだろうと娘のほうを見たら、ランドセルを背負ったままなんです。

「ちょっと、なんで家に置いてこないの。熊から逃げるときに重いでしょ」

思わずわたしが口を尖らせたのと、ほぼ同時に——。

鈴が、ギャランギャランギャラン！　と大音量で鳴ったんです。

揺れているなんてレベルじゃありません。紐をちぎりそうないきおいで、上下左右に暴れているんです。なのに、ランドセル自体は微動だにしていないんですよ。

「この場所に来たら鳴ったの。ねえ、これなに？　どういう現象？」

長女に質問されたものの、こっちだって判るはずがありませんよね。あまりの激音に右往左往していたところへ、ちょうど人が通りかかって。

「なんだこの音は。熊か、熊が出たか」

やってきたのは、最初に「熊を見たぞ」と主張したお爺ちゃんでした。

頭が変だと思われるかも——なんて危惧しつつ、わたしはいましがたの出来事を説明したんですね。するとお爺ちゃん、ひとりで頷いているんです。

「ああ、辻だもんなあ。そうだよなあ」

「あの……なんの話でしょうか」

鳴りやまない鈴の音に怯《ひる》みながら、わたしはおそるおそる訊ねました。辻というのが十字路の意味だとは理解できたんですけど、それ以外ちんぷんかんぷんで。

けど、お爺ちゃんは腕組みをしたまま「そうか、嫁に来たから知らねえんだな」って、あいかわらず自分だけ納得しているんですよ。

「すいません、ちゃんと教えてもらえませんか」

焦れったくなって、鈴の音に負けないくらいの声で問いただしたら——。

「この辻でな、いままで何人も死んでるんだ」

「えっ」

「交通事故で車ごと潰れたのもいるし、赤児が立てるような水路で溺れたのもいたな。あとは、ほれ」

そう言うとお爺ちゃん、十字路の脇に生えた松をひょいっと見あげて、

「この木に、三人ばかり縄かけて下がったんだわ。嘘じゃねえよ、なにせひとりは俺が見つけたんだもの。そういう場所だから、このあたりには家を建てねえんだ」

そう言った瞬間、鈴がぴたりと鳴りやんで。

仰け反っているわたしを横目に、お爺ちゃんは娘へ微笑《ほほえ》みかけると——。

「その鈴、ご利益があるな。うん、大事にしたほうがいい」

やっぱり勝手に納得して、そのまま去っていったんです。

いやいやいや、全然いい話なんかじゃないですよ。長女は「この鈴すごいね！」って大はしゃぎするし、あとで話を聞いた長男は「妹だけそんな鈴を持っててズルい！」と不貞腐れるしで、しばらくは大変だったんですから。

わたしはわたしで「また鈴が鳴ったらどうしよう」と、しばらく怯えていましたよ。

幸い、あの日を最後に鈴が鳴ることはなかったんですけどね。

あ、ちなみに熊さわぎもその後すぐに解決しました。「お爺ちゃんが近所の大型犬を見まちがえただけ」と判明したんですよ。

ちょっと困った人でしたが——それでも、あのときの言葉は怖かったですね。

やまかくし

【採録：二〇二四年・某中学校にて／話者：六十代女性・山形県北部在住】

故郷の■■沢市の集落で起こった、わたしが若いころの出来事です。

ある夕方、うちの父親が「▲▲の野郎コ、来ねえんだど」と慌てて自宅に帰ってきて。▲▲さんって家の四歳になる娘さんが、行方不明になったというんです。

その日の朝――▲▲のお母さんほか大人数名と各家の子供たちが、山にある神さまのお社まで参詣に行ったらしいんですね。ところがその帰り道、手をつないでいたはずの娘さんが煙みたいに消えてしまったそうなんです。

「姿を消した経緯はともかく、まずは見つけるのが先決だ」ということで、消防団から青年団まで総出で山狩りをすることになって。うちの父はじめ、男衆全員が松明《たいまつ》を手に――ええ、なにせ昔でしょ、いまのように光量の強い懐中電灯なんてなかったんですよ。

なので、大人たちは燃えさかる松明を持ち「おおい、おおい」「どこだあ、どこだあ」と叫びながら、夜の山に分け入っていったんですね。

山肌に沿って点々と続く炎は、わたしたちの待つ里からも見えました。

行方不明者の捜索なのに不謹慎かもしれませんが、わたしは「きれいだなあ」なんて呑気にその景色を眺めていたんです。いつもだったら黒いかたまりでしかない夜の山に、数えきれないほどの灯りが揺らめいているさまは、本当に美しかったんですよ。

そうして一時間ほど見守っていたんですが、なかなか吉報は届かなくて。

そのうちひとり帰り、ふたり帰りと、その場の人数が減りはじめて。わたしと母親も「いまは待つしかないね」なんて言いながら、ひとまず帰宅したんです。


すると──明け方近く、「見つかったぞお」と叫ぶ声が集落じゅうに聞こえて。

みんな急いで家から飛びだしてきましてね。ひとかたまりになって待ち構えるなか、まもなく消防団員に抱かれながら、その子が山から下りてきたんです。

彼女の姿を見るなり、ギョッとしました。

毛だらけなんです。

服といわず髪といわず、全身に動物の茶色い毛がびっしり絡みついているんですよ。

と、驚いているわたしたちを押しのけ、▲▲のお母さんが娘に駆けよりましてね。

「この莫迦、なんで母ちゃんのそばを離れるんだ！」

涙声で怒ったんですが、その子──きょとんとした顔で「一緒にいたでしょ」って。

「ずっと母ちゃんに手を引っぱられて、山のお祭り見てたでしょ」

「山の、お祭り？」

「灯りが五個も十個もあるから〝きれいだねえ〟って言ったら、母ちゃんが〝あれは、お祭りの提灯だ〟って教えてくれたんでしょ。見たことのないご馳走をくれて、それを食べながらお祭りの行列を見ていたんでしょ」

子供のことだから寝ぼけたんだろう、松明を宵祭りの提灯と見間違えたんだろう──なんて笑いとばす人は、誰ひとりいませんでした。あの異様な量の体毛を見てしまったあとでは、どうしてもそんなふうに思えなかったんですよね。

いまだに不思議な、故郷での一夜でした。


ああ、そうそう。これは後日談になるんですけども。
▲▲の娘さん、発見翌日に町のお医者さんまで連れていかれたらしいんです。すると診察中に「お腹が痛い」と言いだして、その場で吐いちゃって。

そしたら――胃のなかに、巻貝が殻のまま何十個も入っていたそうです。

寺電

【採録：二〇二四年・某図書館にて／話者：五十代女性・山形県在住】

わたしの主人が檀家総代なもので、月に二、三度はお寺さんに顔を出すんです。別に堅苦しい話をするわけじゃなくて、住職の奥さんと茶飲み話に花を咲かせるだけなんですけど。奥さんはわたしと同年代で、加えて実家もおなじ県なんですよ。だから、なんとなく同級生とお喋りしているみたいで楽しいんですよね。

その日もわたしはお寺さんを訪ねて、奥さんと応接間であれこれ話していました。すると——どういう流れでそんな話題になったのか、彼女が「檀家さんが亡くなると、お寺にお知らせがあるの」なんて急に言いはじめたんです。

「夜中なのに本堂の廊下を歩く音が聞こえたり、寝室の空気がぐううっと重くなったりしてね。そのあと、きまってジリリリンと電話のベルが鳴るのよ。かならず三回鳴って切れちゃうんだけど、翌日の朝か遅くても昼過ぎには檀家さんの訃報が届くのよ」

へえ、そういうことって本当にあるんだ——と感心しながら、わたしはぼんやり話を聞いていました。そのときは怖いというより「いい話だな」と思ったんですね。

そのとき、ちょうど廊下で固定電話が鳴って、奥さんが席を立ちまして。

ひとりでお茶を啜りながら、わたしはなんだか釈然としない気持ちを抱いていました。なにが引っかかっているのか自分でも判らないけれど、妙な違和感があったんですね。

まもなく奥さんは戻ってきたんですが、こっちの顔を見るなり、

「気づいた?」

そう言って微笑むんです。

「なにが?」

「あたし、さっき〝ジリリリンとベルが鳴る〟って言ったでしょ。でも」

「あ」

言われてハッとしました。いましがた聞いた固定電話の着信音、有名なクラシックのメロディーなんです。いわゆる電話のベルじゃないんです。

なにそれ、どういうことなの——。

息を呑むわたしをしばらく見つめて、奥さんがぽつりと言いました。

「うちの寺に、そんな音で鳴る電話は一台もないのよ」

その話を聞いて以来、お寺を訪問するのは二ヶ月に一度まで減ってしまいました。
だって、もしジリリリンを聞いちゃったら——どうしていいか判らないでしょう。

空いた座布団

【採録：二〇二四年・某講演会にて／話者：三十代女性・山形県北部在住】

わたしが十九のときに、母方の祖母が亡くなりまして。

祖母が暮らしていたのは山形北部の[redacted]市なんですが、そのあたりでは初七日までのあいだ、近所の人が故人宅を訪れては御詠歌を唱える風習が残っているんですよ。

御詠歌、ご存知ですか。鉦《かね》を叩きながら、お経みたいなメロディーを五・七・五・七・七のリズムで唱えるという宗教歌の一種です。

ただ、御詠歌を唱える方々は一斉にいらっしゃるわけではなくて、パートが終わったあとだとか病院の帰りだとか、空いた時間に各々が訪ねてくるんですね。なので遺族はいつ誰が来ても良いよう、仏間へ座布団を何枚か敷いておくんです。

ところが——敷いているなかに、誰も座らない一枚があって。

なにせ人の入れ替わりが激しいので、誰かが腰を下ろしてもおかしくないんですよ。

それなのに、その座布団だけが常に空いているんです。

それがずっと気になっていて、初七日が終わる前夜に叔父へ訊ねたんですね。

「ねえねえ、なしてあそこサ誰も座らねえのや」

叔父は、無人の座布団をちらりと見てから、

「ああ、祖母ちゃんいるんだべ」

あっさりとした口ぶりで答えました。

すると、御詠歌を唱えにいらっしゃっていた奥さん連中も、

「なんも珍しい話でねえよ」「あの人、御詠歌好きだったもんな」「特等席だ、ははは」

口を揃えて「そんなの当然でしょ」みたいな態度で笑うんですよ。

わたしも多感な時期だったんですね、非科学的な話を疑いもしないことに腹が立って。

それで――みなさんがお帰りになったあと、その座布団を脇に除《の》けてみたんです。

「どうだ祖母ちゃん、これでもう座れねえよ」

ぽかんと畳が見えている空間に向かって高らかに宣言した、その数秒後。

かあああん――仏壇の前に置かれた鉦が、きれいに鳴って。

それで、さすがにわたしも信じざるを得なくなった――と、そんな話です。

誤解がないよう付け足しておきますけど、鉦の音、怒っているとか恨んでいるとか、そんな印象の響きではありませんでした。

「こらっ」と孫を笑って諫めるような、生前の祖母を思わせる優しい音でしたよ。

全滅

【採録：二〇二一年・某高校にて／話者：十代男性・山形県在住】

短いのでもいいんですよね。これ、本当にあったガチの話です。

三年くらい前、お祖母ちゃんの三回忌があって家族でお寺に行ったんですよ。父親と母親と、あとは自分と高一の妹、中三の弟の五人で。

なんですけど、法事ってムダに長いじゃないですか。ずっと座ってなきゃいけないし、お経聞いても意味わかんないし。

だから、マナー違反だとは思ったんですけど、自分も妹も弟も三人そろってスマホでソシャゲ（筆者注：ソーシャルゲームの略とのこと）してて。両親は前に座ってるし、お坊さんも背中を向けてるから「マナーモードにしとけば大丈夫じゃね？」と思って。ちょうど限定イベントとかあったんで、やらないわけにもいかなくて。

そしたらスマホの電源がいきなり落ちて。

しかも、三人とも一緒のタイミングで。

「うわっ」って声出しちゃったんで、その場で親にバレて説教されました。お坊さんもめっちゃ怒ってましたね。まあ、でも自分らが悪いんで仕方ないなと。

はい、家族のあいだでは「絶対に祖母ちゃんだよね」って話になってます。

「生きてるときから躾《しつけ》に厳しい人だったけど、死んでも変わらないんだな」と思って。

そこはなんか、微妙に嬉しかったです。

黒神

【採録：二〇二三年・某怪談会にて／話者：四十代男性・関東地方在住】

私が新卒で入った中小企業、典型的なブラック起業でしてね。

毎日が叱責と罵倒のオンパレード、どう考えても達成できない営業ノルマを気合いと根性で乗りきるという、いま思えばすべてが異常な会社でした。

とりわけ異様だったのが〈朝のお誓い〉で。

毎朝、始業の前に全社員で深々と頭を下げてから社訓を唱和し、その後にひとりずつ本日の目標を大声で宣言するんです。いわば、朝礼の進化版というか劣化版というか。

それでも、宣言する相手が社長や営業部長など上役であれば、さほど珍しい光景ではないと思うんですが――うちの場合は社長でも部長でもありませんでした。

石なんです。

オフィスの窓際に、銅像などを乗せるためのものと思われる台座がありまして。その上に直径六十センチほどの真っ黒な石が、ごろんと置かれていたんです。

通称〈黒神《くろかみ》〉と呼ばれていたその石に向かって、社員は「おはようございます！」と毎朝かならず挨拶を――。

（会場の後方で悲鳴があがり、話が一時中断。スタッフが確認に走り、ジェスチャーで「問題ないみたいです」と合図をくれる）

あの、大丈夫でしょうか。止めたほうがよろしいですか。あ、では続けます。

なんでもその石、創設者の父が山奥で見つけたものだそうで。創業者は「この石には神様が宿っている。黒い石の神だから黒神だ」と天啓を受け、それがきっかけで会社を興した――というのが、社内における〈定説〉となっていました。

たしかにじっくり黒神を観察してみると、薄白い曲線が表面にいくつか浮かんでいて、梵字のように見えなくもないんです。

上司のひとりは「この紋様は創業者の父上のご尊顔なんだ」と嬉しそうな顔で言っていました。もっとも、私には蛇がのたくっているようにしか見えませんでしたけど。

そんなわけで当初こそ「くだらない」と笑っていたものの、ブラック勤めというのは恐ろしいものでしてね。毎日のように怒鳴られているうち、そういった判断力も次第に麻痺してくるんです。むしろ半年が経つころには「営業成績が振るわないのは、黒神に対しての感謝が足りない所為だ」と本気で考えるようになっていました。

あの出来事がなければ、死ぬまでそのように信じていたはずです。


まもなく入社から二年目を迎える、肌寒い朝でした。

その日もいつもどおり、われわれは全員で黒石に向かって社訓を唱え、各々の目標を叫んでいたんです。自分の順番がせまるなか、私は脳内で本日の目標を何度も反芻《はんすう》していたんですけれど――突然、鈍い音がフロア全体に響きまして。

驚いて音の方向へ視線を向けると、私のふたつ隣に立っていた社員がうつぶせに倒れ、痙攣《けいれん》しているんです。顔面は蒼白、眼球はあべこべを向いており、ストレスで真っ白になった舌が口の脇から垂れていました。

どう考えても、すぐに救急車を呼ばなくてはいけない緊急事態ですよね。

ところが――私や新人の数名を除いて、ベテランや上役は誰ひとり慌てている様子がないんです。それどころか社長も専務も酔っぱらったようにとろんとした表情を浮かべ、昏倒する社員を見下ろしていました。営業部長にいたってはズボンの前部が膨らんで、ちいさな丸い染みができているんですよ。

なんだ、この人たち。どうかしてるんじゃないのか。

おおいに混乱しながらも、私は「ひとまず、ほかの社員に助けを求めよう」と周囲を見わたして――うっかり、黒神と目が遭ってしまったんです。

はい、石に顔があったんです。

いつのまにか表面の紋様が動いて、人間の笑顔そっくりに変化しているんですよ。老人の顔でした。皺《しわ》を歪《ゆが》めて笑う男の顔でした。

あ、創業者の父親だ――私が直感したと同時に、社長がぼそぼそと口を開いて。

「三年ぶりだなあ。これでしばらく安泰だ」

それを聞いた瞬間、自分でも驚くほど気持ちが醒《さ》めていくのが判りました。倒れた社員がようやく介抱されているなか、私は「営業に行ってきます！」と元気よく宣言し、そのまま逃亡したんです。財布と携帯電話をズボンに入れていたのが不幸中の幸いでした。

まもなく、会社から鬼のように電話がかかってきまして「損害賠償を請求するからな」「転職できなくしてやるぞ」などと、半年ほど執拗ないやがらせに遭いました。

ええ、もちろん戻ったりしませんでしたよ。「なにが悲しくて、必死に働いたあげく不気味な石に命を奪われなくちゃいけないんだ」と憤っていましたから。

あれから二十年。トラウマも薄れ、あの風景を夢に見ることもなくなりました。

当時、社長は「五年以内に、世界じゅうすべての人が名前を知る企業になるぞ！」と宣《のたま》っていましたが――幸いにも、いまだ社名を目にする機会はまったくありません。

あの会社、いまもあるんでしょうかね。現在も黒神を拝んでいるんでしょうかね。

そもそも、みんな無事なんでしょうかね。

できれば無事であってほしくない――そう願ってしまう私は、酷い人間ですかね。

ごあいさつ

【採録：二〇二三年・某怪談会にて／話者：三十代男性・都内在住】

すいません――いまの話（筆者注：前話「黒神」のこと）の途中で叫んじゃったの、自分なんですよ。いや、実は俺も前の勤め先でおかしな体験してるもんで、思わず声をあげちゃって。そのときの出来事、喋ってもいいですか。

俺、東京の[redacted]橋にある中小企業に新卒で入ったんです。

一般の営業職でしたが、すこし特殊な商材をあつかっているものでノルマとは無縁。上司も先輩も優しいという、どちらかといえばホワイトな会社でした。

ただ、ちょっと妙なルールがあって――。

エレベーターに挨拶するんですよ。

会社は古い貸しビルの五階にオフィスを構えていて、基本的に社員はエレベーターで移動するんです。そのエレベーターの扉に向かって、毎朝「おはようございます！」と元気いっぱいでお辞儀するという、暗黙の規則があったんです。

絶対に変でしょ。おなじビルの利用者さんとか通行人に挨拶するなら判りますけど、単なる無人のエレベーターですからね。出社初日、先輩が「おはようございます！」と空っぽのエレベーターに叫んでいたときは反応に困っちゃいましたよ。

そんなの誰だって気になるじゃないですか。だから俺、やっと仕事に慣れてきたころ、さりげなく上司へ訊いてみたんです。

でも「ずっとそういう決まりだから」と、はぐらかされちゃって。先輩も「慣れれば気にならないよ」なんて笑うだけで、それ以上は教えてくれませんでした。

ところが人間って、そんな状況にも慣れてきちゃうんですよ。

最初はドン引きしていたのに、だんだん「まあ、どの会社だって変わった規則くらいあるよな」なんて思いはじめて。いつのまにか、なんの疑問も持たないで挨拶している自分がいました。あの会社でずっと働いていたら、たぶん後輩社員に「もっと元気よく声を出さなきゃ」と説く人間になっていたはずです。


入社して半年ほどが経った、秋の夜でした。

その日は月末に提出する書類が溜まっていて、ひとり黙々と残業をしていたんです。ようやくすべての処理を終えたのが、終電の十五分前。俺は慌ててオフィスを出ると、猛ダッシュでエレベーターに向かいました。

それで、ちょっとイライラしながら扉が開くのを待っていたんですけど——。

「おはようございます」

習性で、うっかり朝とおなじように挨拶をしちゃったんです。

それから十秒も経たずにエレベーターが到着しまして。

俺はすばやく乗りこむとボタンを押して、階数表示のランプを眺めながら「なんだか、いつもより照明が暗いなあ」とか「やけに狭い気がするなあ」とか考えていて。

そうしているうちに、エレベーターが一階へ着いて。

扉が開くと——目の前に先輩社員が立っていました。

「……あれ、こんな遅くにどうしたんですか。忘れ物ですか」

そう訊ねた俺を、先輩が怪訝《けげん》な顔でじろじろ見ているんです。

「お前、なに言ってんの。朝なんだから出社したに決まってるだろ」

その言葉で、おもての空がずいぶん明るいことに気づきました。

はい、どう見ても夜が明けているんです。びっくりしてスマホを見たら、午前八時で。でもエレベーターに乗っていたの、体感で二十秒くらいなんですよ。

俺、よっぽど疲れているのかな。待てよ、なにか重い病気かもしれないぞ――なんて狼狽《うろた》えているなか、先輩が「もしかして」と声を低くして。

「昨日の夜、挨拶したのか」

声も出さずに肯《うなず》いた瞬間、「ああ、やっちまったんだな」と苦笑いされて。

「お前、持っていかれたんだよ」

「え、なにをですか」

「空白の時間……いや、寿命なのかなあ」

「は？　は？」

先輩によれば――朝の挨拶を怠ったり、逆に朝以外の時間帯に誤って声をかけると、怒ったエレベーターが持っていくらしいんです。

「あんまり理解できてないんですけど……つまり俺は、深夜からいままでの八時間ぶん、エレベーターに寿命を吸われたって話ですか」

「正確には〈エレベーターに棲んでいる人〉が持っていくんだけどね。社長や取締役に言わせると〝人間の真似をしているだけ〟らしいけど」

真面目な顔で説明する先輩を見ながら、俺は——心のなかで笑っていました。

ええ、まったく信じていなかったんです。「この人クスリでもやってんのかもな」と思っていました。

ところがその日の午後、社長が俺の机までやってきたんですよ。

「さっき聞いたよ」

なにをですか——と問う前に、社長が「まだ夜で幸いだったね」と俺の手を握って。

「朝だったら、もっと大変だったぞ。二、三年持っていかれた人もいるんだから」

それを聞いた瞬間に「あ、マジなんだ」と悟って、退職を決意しました。

だって俺、それまで三、四回は挨拶を忘れているんですよ。この先も、何度も挨拶を忘れるだろうなって確信があったんですよ。

そんなの、寿命がどれだけあっても足りないじゃないですか。

だから辞めました。社長も慣れた様子で辞表を受理していましたから、過去におなじ理由で逃げだした人、多かったんじゃないですかね。

あ、そういえば。

去年の暮れに[redacted]橋で用事があって、あの会社近くをたまたま通ったんです。

怖いもの見たさでビルの出入り口を覗《のぞ》いたら、エレベーターの扉には〈使用中止〉の紙が貼られていました。

だから——たぶん俺が退職したあと、なにか遭ったんじゃないかと思うんです。

あとで詳しい住所と会社名を教えますから、ちょっと調べてもらえませんか。

いや、俺は無理です。同行しません、二度と関わりません。

だって挨拶しないだけで半日ぶん持っていかれるんですよ。今日、こうやって話したことを知られたら——ぜんぶ持っていかれそうで。

よくない店

【採録：二〇二四年・某イベントにて／話者：四十代男性・関東圏在住】

コロナ前の話です。

ある年の秋、会社の後輩が中途退職することになりまして。

ところが上司は酒の席に否定的な人で、後輩の勤務最終日も送別会の類は予定されていなかったんですね。自分は後輩の入社以来ずっと面倒を見てきたもので、なにもせずサヨナラというのが納得いかず、「今夜、一杯どうだい」と誘ったんです。

それが、よほど彼は嬉しかったんでしょうね。

男ふたり、イタリアンバルで飯を食って、ワインを飲んで、私が勘定を払っていたら「このあと自分にご馳走させてください」と何度も言うんです。その気遣いが嬉しくて、私も〈ささやかな二次会〉を快諾しました。

すると後輩「実は、行きたいお店が……」なんて恥ずかしそうに言うんですよ。

「さては、お姉ちゃんがいるタイプの店だな」と直感しました。彼は二十代で独身だし、常日頃から彼女がほしいと言っていたもので、勝手にそんな想像をしたわけです。「いいよ、行こう」と答えるなり、後輩がすぐさま歩きだしましてね。裏路地を何度も曲がり、どんどん細道の奥に進んでいくんです。

背中を見失わないよう必死に追いかけながら、私は苦笑していました。

これは、よほどお気に入りの女性がいるに違いない。一刻も早く会いたくてここまで早足になっているのだろう。だとすれば自分は邪魔者だろうから、早めに理由をつけて退散するのが吉だな——。

そんなことを思案しているうち、ふいに後輩が「此処です」と足を止めて。

辿りついたのは居酒屋でした。それも大手のチェーン店ではなく、昭和から経営しているような古びた赤提灯なんですよ。

なるほど、若者にとってはこういう店のほうが新鮮なのか。だとすれば、単に自分が好きな店を先輩に紹介したくて急いでいたのかもしれない。

自分の邪推を反省しながら、私は彼と一緒に暖簾をくぐったんです。

外見に負けず劣らず、店内は昔ながらの風情を残す造りになっていました。

年季の入ったカウンターには日本酒の瓶や常連の土産と思われる人形がならんでおり、壁にびっしり貼られた手書きのメニューもずいぶん煤《すす》けています。店の角に吊り下がるスピーカーからは懐かしいポップスが流れ、雰囲気作りに一役買っていました。すこし陰気な雰囲気に思えたのは、われわれ以外に客がいなかったからかもしれません。

私と後輩は高齢の女将に案内されて、カウンター席の端に腰をおろしました。

それで、はじめのうちはビールのジョッキを煽りながら後輩の愚痴を聞いたり、私が上司の秘密を暴露したりと、いかにもサラリーマンらしい会話を交わしていたんです。

ところが三杯目の生ビールを飲み干すころ、後輩がぽつりと口を開きまして。

「ちょっと相談したいことが……」

小声で呟くと、なんとも複雑そうな表情を浮かべたんですよ。

「プライベートな悩みの告白だろうか」と思った私は、改めて椅子に掛けなおしました。先輩として最後のアドバイスになるかもしれないと、居住まいを正したわけです。

「いいぞ、なんでも聞くから話してくれよ」

こちらが優しく言うや、彼は堰を切るように語りはじめました。

「僕……会社で嫌なことがあったときは酒場で呑んで帰宅するのが日課だったんです。

同世代では珍しいみたいですが、家まで鬱憤《うっぷん》を持ち帰りたくないんですよね」

「いや、判るよ。切り替えって大事だよな」

「そうなんです。それである晩……なんとなく雰囲気に惹かれて一軒のお店にふらっと入ったんですね。味やサービスはあんまり期待していなかったんですけど、突きだしで出てきた肉じゃがに驚きました。それ、実家の味とうりふたつなんです。鶏肉を使っている点も、隠し味に白胡麻を散らしているところも、母の手料理そっくりなんです」

「お、判ったぞ。〝調理人が同郷だった〟ってオチだろ」

深刻な空気になりすぎないよう茶々を入れてみたんですけど、後輩はにこりともせず、あいかわらず微妙な顔をしていました。

「それで僕、普段は料理をスマホで撮影するのって嫌いなんです。けれどもそのときは〝実家に送ろうかな〟と思って、スマホで何枚か撮ったんですよ」

「お母さんも、いきなり肉じゃがの写真が届いてビックリしただろ」

「はあ？　母に送るわけないじゃないですか。もう別に必要ないんで」

「あ、うん」

発言の意図が判らず、私は口ごもりました。後輩の態度、あきらかに変なんですよ。

微妙に会話が噛みあわないんですよ。

すでに酔っているのか、それともよほど言いづらい悩みなのか——頭のなかで答えを探しながら、小鉢のおひたしを箸でこねくりまわしていると。

「それで」

彼が、再び口を開きまして。

「それで、撮り終えた写真の色味を加工しようと思って、画像フォルダを開いたら……お店の写真が何十枚もあるんですよ」

「ええと、理解が追いつかないんだけど、お店というのは……つまり」

「数分前に入ったばかりの、そのお店です。いちばん新しい写真は自分で撮った肉じゃがなんですが、ほかにもメニュー表とか椅子とか割り箸の袋とかトイレとか、何十枚も保存されてるんです。おまけに座っている自分の後ろ姿も記録されてるんです」

「……おおかた、飲み過ぎて撮影したのを忘れてたんじゃないのか」

なにを聞かされているのか理解できず、私は軽口を叩くのがやっとでした。

けれども、やっぱり後輩の反応は薄くて。

「酔ってません。そもそも突き出しが来たばかりで、まだお酒は頼んでなかったんです」

「じゃあ、前にも訪れたことを失念してたとか」

「記憶にない画像、保存日時がどれも二、三日前なんですよ。過去に入ったことがある店だとしても、さすがにそこまで直近の出来事を忘れたりしないでしょ」

「……そうか、それは変だなあ」

生返事をひとつして、私は沈黙しました。

すっかりと酔いは醒めています。何処に行ったものか、女将の姿は見あたりません。

さっきまで店内に流れていたポップスも、いつのまにか聞こえなくなっていました。

それで、続く言葉が見つからずに空っぽのジョッキを見つめていたんですが――。

「気づきましたよね。あんたでもさすがに気づきましたよね」

後輩、くすくす笑いながらスマホを操作しているんです。

小馬鹿にしたような笑みと、こちらを軽んじたような言動に腹が立って、

「なにがだよ。気づいたってなんの話だよ」

私は、すこし強い口調で訊ねました。

すると。

「そのお店って」

後輩が私の鼻先へ、弄っていたスマホを突きつけて。

「ここなんですよ」

目の前の画面には、まさしくいま座っている居酒屋の写真がならんでいました。食べ散らかした刺身やビールのポスター、汚れた換気扇やお手洗いに置かれた造花の画像が、サムネイルをびっしりと埋め尽くしているんです。

絶句する私をよそに、後輩は再びスマホを弄りながら喋りはじめました。

「僕、驚いちゃって。すぐにお勘定を済ませて外に出たんですけど……まずいですよね。この店、絶対に良くないですよね。悪いことが起きそうですよね」

言葉と裏腹に、後輩はやけに嬉しそうな顔で。それが、なんとも気持ち悪くて。

「お前、適当な話をするのもいい加減にしろよッ」

私は声を荒らげて、カウンターを拳で叩きました。後輩は動じるふうもなく、衝撃で床に落ちた割り箸をにやにやと眺めているんです。

「それじゃ聞くけどさ。お前、どうしてそんな店に通い続けているんだよ。悪い店だと思ってるのに、なんで今日も俺を誘ったんだよ」

「え、だって」

俯いていた後輩が顔をあげ、スマホ画像を指で拡大しました。

「だって先輩もいたじゃないですか」

拡げた画面には、私にそっくりな男の姿が映っています。

よく似た男はカウンターの端に座り、赤黒いかたまりを両手で掬《すく》っていました。

画像が粗いのではっきりとは判りませんが、臓物で顔を洗おうとしているようにしか見えないんです。

駄目だ。これ以上話を聞くな——そう直感した私は一万円札をカウンターに置いて、早足で出口へと向かいました。暖簾をくぐる間際に振りかえると、後輩は座ったままでスマホを店内のあちこちに向け、何度もシャッターを切っていましたよ。

その日を最後に、彼とは会っていません。もう六年になります。


はい、もちろん後輩に騙された可能性もありますね。最後に先輩へ壮大なイタズラを仕掛けてやろう——そのように企んだのかもしれません。

だから私、翌日にくだんの居酒屋を再訪したんです。後輩が常連かどうか確認して、不気味な発言の矛盾点を探してやろうと考えたんですね。

お店、ありませんでした。

いや、閉店を告げる紙が貼られていたとか、どれだけ探しても見つからなかったとか、そういう怪談にありがちな話ではありません。

おなじ場所に、まったく別なショットバーがあったんです。

外観も内装も、あの日入った店とはまるで別物でした。念のため、お店のマスターに訊ねたところ「開店以来ずっとこちらで営業させてもらってます。おかげさまで来年で十八年目です」と、愛想よく言われました。

じゃあ、あの夜の出来事はなんだったんでしょうか。

あの居酒屋はなんだったんでしょうか。

私、いったいなにを体験したんでしょうか。

画鋲女

【採録：二〇二四年・某イベントにて／話者：三十代男性・居住地は希望により伏す】

私の会社には独身寮がありまして。

自分も五年前に入社したときは二階の角部屋を借りていました。三階建てで〈すこし大きめなアパート〉という感じの建物ですが、内装はちょっと独特でしたね。社内では「前は宗教法人の研修施設だったらしい」なんて噂もあったくらいです。とはいえ寮の家賃は相場にくらべて非常に安かったので、噂などはさして問題になりませんでした。

ただね――ひとつだけ、どうしても気になる点がありまして。

お札《ふだ》なんです。

神社でもらうような長方形のお札が、寮のあちこちにあるんですよ。

あの、普通はお札って神棚や玄関に置きますよね。私の実家も高野山で買ったお札は玄関の柱に貼っていましたから。ところが寮のお札、消火器の側面とか非常口を照らす照明の真下とか、おかしな場所に無理やり画鋲で留められているんです。

おまけに、どこの神社のお札なのか判らなくて。梵字——というんでしたっけ。あのグニュグニュした文字だけが書かれている、あきらかに怪しげなお札で。

それでも最初は「気味が悪いな」程度で、さほど気には留めていなかったんですよ。

ところが——ある日の夜中に。

コンビニへ行こうと部屋を出たところ、高校の同級生から電話がかかってきまして。私の部屋はなぜか電波の入りが悪いもんで、しばらく廊下で話をしていたんですけど、あまりうるさくしていると先輩社員に叱られそうな気がして、ひとまず入居者のいない三階まで移動したんですよ。

で、暗闇のなかで通話しつつ、なにげなく目の前の空き部屋へ視線を向けたら。

ドアのまんなかに、お札が留められていて。

「なにこれ、封印みたいじゃん」なんて驚きながら、ドアをぼんやり眺めていると——お札の四隅から赤い液体が滲んできたんです。金色をした画鋲の頭に沿って、真っ赤な丸がじわじわじわじわ広がっていくんです。

いやいやいや、剥がす勇気なんかありません。急いでその場を離れました。

以来、三階には二度と足を踏み入れませんでしたよ。

で——話はいきなり四年後、つまりは去年の秋まで飛ぶんですけど。

そのころ私、寮からアパートに引っ越しまして。残念ながら、退去の理由はお札じゃありません。コロナも落ちついてきたし、そろそろ自由を謳歌したくなったというか。要は、ガールフレンドが将来できたときに呼べる部屋がほしかったんですよ。

ええ、悲しいことに彼女はいませんでした。なので、合コンのセッティングが得意な同僚にサポートしてもらって、月に一、二回の頻度で女性陣と飲んでいたわけです。

あれは——引っ越して五回目か六回目の合コンでしたかね。

市内の大学に通う四年の女子学生数名と飲む機会がありまして。私は向かいに座っている、ショートカットの子と会話する形になったんです。

こっちは交際相手がほしくて堪らないでしょ。これはチャンスとばかり、彼女の話に乗っかって「入学時は新型コロナの所為で友だちがいなかった」「バイトの求人がなくて苦労した」なんて愚痴に、ひたすら相槌を打っていました。

すると、そのうちお酒でちょっと気が緩んだんでしょうね。彼女が「そういえばさ、前に住んでたアパートもヤバいことがあったよ」と、体験談を語りはじめて。ところがその話があまりに衝撃的で。いや、もはや下心なんか吹き飛んじゃって。
思わず「いまの話、記録したいからもう一回話してよ」ってお願いしたんですよ。
ええ、スマホで録音しました。もちろん今日はそのデータを持参しています。
会場のみなさんに聞こえるよう、マイクをスマホにを近づけてもらっていいですか。
じゃあ、再生しますね。
(男性、スマートフォンの録音アプリを起動。女性の声がスピーカーから流れだす)

え、もう録ってんの？　さっき話したのとおなじ内容で良いんだよね？
たしか、東京オリンピックの直前あたりだったかな。
あのころって、みんな新型コロナ怖がって外に出なかったじゃん。私も入学してから
ずっとオンライン授業だったし、同期生とも仲良くなるチャンスがなくて、アパートに
引きこもり状態だったの。外出するのはコンビニくらい、ゴミも夜中にこっそり捨てて
いたわけ。ウチの町内、収集日の朝にゴミを出すルールだから本当はダメなんだけど、
あたしは絶対にバレない自信があったから。
だって、アパートのゴミ捨て場さ、私の部屋の真ん前にあるんだもん。玄関のドアを

開けて五歩。玄関からゴミ袋を放り投げても届く距離なんだよ。や、「さすがに人としてどうよ」と思ったから、毎回ちゃんと歩いて捨てに行ったけど。

で、その夜もいつもとおなじようにドアを開けたら——先客がいてさ。

女の人が、ゴミ置き場の前に立ってんのよ。

あたしの位置からは横顔しか判らないんだけど、口のあたりに白っぽい布が見えて。だから最初は「マスクをしてんだな」と思ったの。ってか普通はそう思うじゃん。

でもさ、ゴミ袋を手に近づいてチラ見したら——違って。

それ、紙なの。

口をぴったり塞ぐように、文字が書いてある長方形の紙を貼ってんの。

そのときはまだ危機感なくて「貧乏かよ。マスクぐらい買えよ」とか内心で笑ってて。

けっこうウケたもんだから、つい横目で観察したのね。

そしたらさ、紙の四隅に金色の丸い模様があるの。

その模様の外周に、赤い染みが滲んでんの。

「あ、はじっこの金色って画鋲じゃん。赤いの、血じゃん」って気づいて。

うん。そういうこと。その女、皮膚に変な紙を画鋲で刺してんのよ。

あたしもさすがに「うわ、ヤバ」と気づいて顔を伏せて。そしたら、女の人が捨てたゴミ袋が視界に入って。袋がキラキラしてて。本当、マジで最悪な気分になった。だって中身、ぜんぶ画鋲なんだもん。ビニールを破った針先が赤くなってんだもん。で、「無理、帰るし」と思って顔をあげたら、無人なの。

たかだか二、三秒だよ。まわりに身を隠すような場所なんてないし。唯一、この短い時間で隠れるとすれば──。

ドアを開けっぱなしにしたあたしの部屋なんだよね。

もう限界、お父さんに「変質者が出た」ってウソついて。まあウソでもないんだけど、とりあえずそんな感じで訴えて、親の金で新しいマンションに引っ越したの。

だか……あのアパ……がある場……当にヤバいと思……。

(ぼこぼこと風のような音が聞こえて声が途切れる。男性、録音アプリを停止)

音声は以上になります。いや、本当はこのあとも録っていたはずなんですが、聞いてもらったとおり、なぜか上手く録音できていなくて。

そうですよね、そりゃみなさん戸惑いますよね。たしかに不気味な話ではあるけど、どうして今日この音声を流したのか、いまいち判らないですよね。
なので最後にひとこと、録音できていない部分を補足しておきたいと思います。
彼女が住んでいたアパート、ウチの寮の真裏なんですよ。

しぼむ

【採録：二〇二一年・某高校にて／話者：十代男性・山形県在住】

あの、怖いかどうか不明な話でも大丈夫ですか。

五年前、中一のときに三十九度の熱が出て近所の個人病院に行ったんです。新型コロナが流行る前だったから別に厳戒態勢でもなくて、自分、待合室のベンチに寝転がったまま診察を待っていたんです。

そしたら、よほど具合が悪そうに見えたっぽくて。お医者さんから「念のため血液も検査しておきましょう」って採血ルームまで連れていかれたんです。はい、そうです。腕を置く台がならんでる、注射のための場所です。

んで、患者さんの取り違えを防ぐ目的だと思うんですけど、自分の名前と生年月日を言わされて。「熱でキツいんだから早く済ませてよ」とか思いながら、なんとなく隣に目をやると——おじいさんが座ってるんですよ。

禿頭で皺だらけの、いかにもおじいさん的な外見をした高齢の男性が、自分とおなじように「○○です」と名乗りながら、台に右腕を乗せてたんです。

そしたら、おじいさん——注射されるうちに、ぎゅうぎゅう萎んでいくんです。

いや、痩せているとかいう話じゃないんですよ。ええと、ビニールが真空になって、内側にべこっと陥没するじゃないですか。あんな感じに、秒で小さくなっていくんです。

「なにこれ」と驚いたんですけど、自分もフラフラじゃないですか。だから、ぼんやり眺めてたんですけど、そのあいだにも、おじいさんが中身を吸われていって、どんどん縮まっていって——最後は細い線みたいになって消えたんです。

でも、看護師さんは全然ふつうで。注射器から、試験管みたいなガラス容器に血液を移していて。それ見て自分、「熱のせいで幻覚を見たんだな」と思うことにしたんです。ていうか、そう思うしかないですよね。そうじゃないとヤバイ人ですよね。

んで、そのあとはなにもなく診察が終わって、待合室で会計を待ってたんですけど。

受付の人が、さっきのおじいさんの名前を何度も呼んでるんです。

「○○さん、○○さん」

そのときは体調がけっこう回復してたんで、受付の人に「どうしたんですか?」って訊いたら「この方、保険証と診察券を出したまま居なくなちゃったんですよ」って。

さすがに「萎んで消えましたよ」とは言えなくて。ヤバい人だと思われるんで。
その出来事が気になっちゃって、あの病院にはもう行ってません。
だって、自分が縮んで消えたら最悪じゃないですか。

奇縁もご縁

【採録：二〇二三年・某講演会にて／話者：四十代女性・山形県在住】

二十代のときに勤めていた会社の上司が、驚くほど真面目な人で。笑うところなんか一度も見たことがないし、冗談も絶対に言わないし。正直にいえば、わたしは苦手なタイプだったんですね。

それなのに部署の飲み会で、その上司と一対一で会話するなりゆきになっちゃって。共通の話題もないから、わたしが飼ってる猫のことを一方的に喋っていたんです。

上司はしばらくのあいだ黙って聞いていたんですが――。

「きみの猫が死んでも〝かわいそう〟なんてオレは思わないからな」

そんな科白《せりふ》を、ぼそっと口にして。

なんてヒドいことを言うんだろうと腹が立ってね。お酒が入っていたのも手伝って、「あんまりじゃないですか」と猛抗議したんですよ。そしたら上司、慌てた顔で「違う、そういう意味じゃないんだ」って、しどろもどろで弁解して。

「オレは何年か前、猫でひどい目に遭ったんだよ」

ある雨の夜、彼は自家用車で家までの道を帰っていたんだそうです。すると、ヘッドライトの光に雑巾みたいな物体が浮かびあがったんですって。

それ、轢《ひ》かれた猫で。

身体がぺしゃんこになっていて。濡れた毛のすきまに内臓らしきものがあって。

こんな寒い日に雨ざらしで、かわいそうだな――。

なんとはなしに思った次の瞬間、意識がなくなって。

我にかえったら、薄い猫の死骸を抱えたまま草むらに立っていたんですって。

その場所、さっきの道路から百キロくらい離れた[redacted]県の山あいで。

「あの猫に縁のある土地かなにか知らないけど、本当に大変な思いをして家まで帰ってきたんだ。以来〝動物が死んでも感情移入しちゃ駄目だ〟と悟ったよ」

あまりに真剣な顔で熱弁するもんだから、酔いが醒めちゃったのを憶えています。

ちなみにその上司、わたしが辞めた翌年に早期退職して[redacted]県へと移住したそうで。

はい、仰るとおりです。死んだ猫を抱いて正気に戻った、あの県なんですよ。

去就を教えてくれた元同僚は「なんで、縁もゆかりもない土地に越したんだろう」と
ずいぶん不思議がっていましたね。
違うよ、縁があったんだよ。たぶん、その縁が切れなかったんだと思うよ——とは、
さすがに言えませんでしたけど。

むかで猫のムム

【採録：二〇二三年・某怪談芋煮会にて／話者：二十代女性・東北地方在住】

小学生のころ、仔猫を拾ったんですよ。

学校帰り、神社の裏で段ボールの箱を見つけ、鳴き声がするので覗いたら――という定番の展開です。箱のなかでは生まれたての三毛が一匹、よたよたと歩いていました。

けれどもその三毛、ちょっと変で。

前足とうしろ足のほかに、脇腹から左右に三本ずつ短い足が生えているんですよ。

それが四本の足とは無関係に、くぬくぬくぬくぬと動いているんです。

「ムカデみたいな猫だな」と、すこし不気味に思ったものの、だからといってちいさな命を見捨てるわけにもいかず、結局わたしはその仔猫を連れて帰ることにしました。

しかし、問題は母親です。

母は動物がすこぶる苦手で、犬や猫はもちろん公園の鳩や亀まで毛嫌いしていました。

そんな人がペットを受けいれるなど、とうてい考えられません。しかも目の前の仔猫は一般的な容姿ではないんです。母から「誰が病院へ連れていくのか、薬や手術の費用はどうするのか」「家族が不在時に衰弱したらどうするのか」などと質問攻めに遭うのは目に見えていました。

絶対に許可してはもらえないけど、さりとて飼いたい気持ちも抑えきれない。悩みに悩んだあげく、わたしは物置小屋に猫を隠し、ムムと名付けてこっそり世話をすることにしました。ちなみにムムとは、ムカデのような姿から命名したものです。わたしは毎日、十本足で不器用に這いずるムムへ給食で残した牛乳を与えて、悪臭がバレないよう糞尿もこまめに処理しました。

幸いにもムムはあまり鳴かない子で、そのかわり短いほうの足をわしわしと動かして喜怒哀楽を伝えようとするんです。その可愛らしい仕草を見るたび、わたしは「ムムを飼って本当に良かった」と心から思ったものでした。

けれど、そんな隠しごとがいつまでも続くわけはありません。

ある日の午後——帰宅するなり、わたしは母から「ちょっと話があるんだけど」と、キッチンまで連行されたのです。覚悟していたとおり、テーブルにはムムが入っている段ボール箱が無造作に置かれていました。

「どういうことか説明してくれないかな」

鬼の形相を浮かべる母に、わたしはしどろもどろで弁解しました。

「あのね、神社の裏で見つけてね。でも鳴かない子なの。わたしに懐いてるの」

飼わせてほしいと懇願はしませんでした。下手に問えば、否が上にもイエスかノーを突きつけられる。それがたまらなく怖かったんです。

要領を得ない説明が終わっても、母はなにも言わず仔猫をじっと見つめていました。

駄目か――ムムは保健所に連れていかれるか、最悪もとの場所へと返してくることになるだろう。いずれにせよ、お別れしなくてはいけないのは間違いない。

悲しみと悔しさで、ほろりと涙をこぼした――その直後でした。

動物嫌いなはずの母が、おもむろにムムを抱きあげたんです。

知らない人間に驚いたのか、ムムはめずらしく威嚇のそぶりを見せました。それこそムカデよろしく短いほうの足をわしわしと動かし、爪を立てようと暴れています。

母は怯むことなく、昆虫のようにもがく仔猫をじっと観察していましたが――。

「余計なものだね」

ぼそ、と低い声で言いました。

当初、わたしは母のひとことを〈猫など邪魔な存在でしかない〉という意味なのだと受けとったんです。

やはり母は捨てるつもりなのだ。一瞬でも期待した自分が愚かだった。

と——絶望していた私の顔を一瞥するなり、母が。

「余計なものがあるのは偽物だ。本物にしなくちゃね」

そう言うが早いか、ムムの脇腹から生えている短い足をわっしりと掴み、力いっぱい引きぬいてしまったんです。

驚くこちらの前で、母は残りの足も次々と乱暴にちぎっていきました。

幼い子供の頭でも、生き物の足を毟りとれば無事で済まないことは容易に判ります。たちまち血が出て、みるみる衰弱し、最悪の場合死んでしまうのは明白です。

ああ、お母さんは最初からこれが目的だったんだ。目の前で大嫌いな猫の命を奪って、「二度と持ってくるな」と暗に伝えるつもりなんだ。

わたしはこれから起こるであろう悲劇を想像し、思わず身体をこわばらせました。

ところが——ムムは悲鳴をあげもせず、きょとんと平気な顔をしているんです。

それどころか、先ほどまでの攻撃的な態度が嘘みたいに大人しくなり、目の前の母へ顔をすりよせ、ゴロゴロと甘えているじゃないですか。

その様子に満足したのか、母は笑顔で「きちんとお世話するのよ」と、ムムが家族の一員になることを許可してくれました。

なぜ血の一滴も垂れなかったのか、どうして母は飼うことを認めてくれたのか。あのとき口にした〈余計なもの〉とは、はたしてどういう意味なのか。

そんな疑問も、ムムが家族になる喜びに比べれば、さして問題ではありませんでした。おかげでその日だけは、喜びのあまり興奮して眠れなかったほどです。

ええ、「その日だけは」で合っていますよ。言い間違いではありません。

なぜならムムは翌日以降、わたしに見向きもしなくなったからです。

名前を呼んでもいっさい無視。抱こうとしても器用にするりと逃げてしまうんです。無理やり遊ぼうとしたこともありましたが、そのたびにゾッとする目でこちらを冷たく睨むので、次第にわたしのほうがムムを避けるようになりました。

猫特有の落ちついた表情ではありません。喩えるなら〈天井の木目〉みたいな印象の顔つきなんです。目鼻に見えるけど命があるわけではない――そんな顔なんです。

ただ、ムムは構われるのが苦手なわけではないんです。母にはすこぶる懐いていて、始終そばを離れようとしないんですから。

当の母はご満悦です。ことあるごと「余計なものがなくなって良かったねえ、本物になったもんねえ」と、まさしく猫撫で声でムムを溺愛していましたよ。

ああ、すいません。どこが怖いのか伝わりませんよね。あとすこしで終わりますんで、もうちょっとだけ話を続けさせてください。


神社の裏で見つけてから二十年が経ちました。ムムはいまだに元気です。

あいかわらず毛なみは艶《つや》やかだし、食欲も運動能力も若いころと変わらず、ちっとも老いる気配がないんです。ただ、いまもわたしには懐きません。どれだけ優しくしても心を開く気配はなく、無機物を見るようにガラスの目で凝視してきます。

これまでも何度か、友人や知人にムムのことを相談しました。

でも、どうやら微笑ましいエピソードと思われてしまうようで「猫は気まぐれだから」「愛想のない子っているんだよね」なんて返事でおしまいになってしまうんです。

違うんですよ。わたしが訴えたいのは、そんなことではないんですよ。

だから——今日は笑われるのを覚悟のうえで、こちらへお邪魔しました。

わたし、不安なんです。

もしかしたら、あのとき引きぬかれた足こそが〈ムムの本体〉だったのではないか。

あの日、〈本物のムム〉は死んだのではないか。いまのムムは猫の形をした容れ物に入っているだけの抜け殻で、見よう見まねで猫を演じている〈偽物〉なのではないか。

そのことを、実は母も判っているのではないか。

あの日を境に、母も〈偽物〉になってしまったのではないか。

わたしがそう思っていることを、いつか母とムムに知られるのではないか。

それが、ずっとずっと不安なんです。

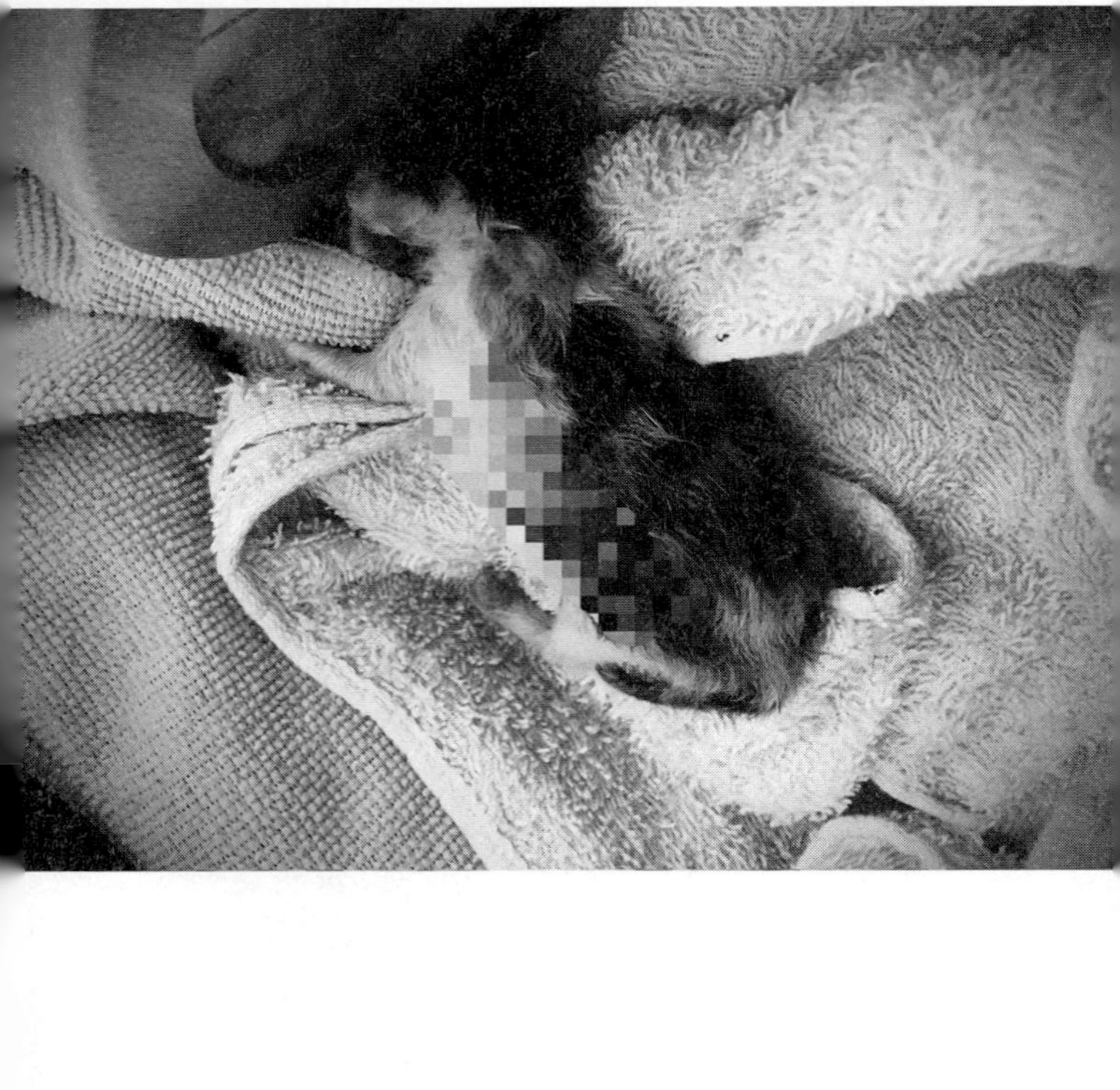

桜色の女

【採録：二〇二一年・某講演会にて／話者：三十代男性・北陸地方在住】

四年前の夏、妻が第一子出産のために産婦人科へ入院したんですよ。

初産なのに、彼女はわりと冷静沈着でした。むしろ僕のほうが浮き足立ってしまい、一日も欠かさずお見舞いに行っていました。自家用車がないもので路線バスを利用して自宅と病院を往復していたんですが、まったく苦になりませんでしたね。

病院の前にはバス停があり、色のあせた赤いベンチが一脚ぽつんと置かれていました。そのベンチに腰をおろして、帰りのバスを待ちながら親子三人の生活を想像していると時間があっというまに過ぎていくんです。幸せなひとときでした。


その日も僕は病院前のベンチに座り、いつもどおり未来を夢想していたんです。

僕のほかには、自分とおなじように奥さんを見舞ってきたと思われる若い男性、その隣に彼の母親か義母らしき高齢女性、そして定期検診に来たであろう妊婦さんの三人が横ならびで腰をおろしていました。

と、そこに誰かが近づいてきまして。

上下ともに薄いピンク色の洋服を着ている、長髪の中年女性でした。

はじめ、僕は「彼女もバスに乗るんだろうな」と思い、席を空けるためにベンチから立ちあがったんです。もし病院帰りの患者さんだとしたら、バスが到着するまで立っているのは辛かろうと考えたんですね。僕とおなじ発想をしたのでしょう、まもなく若い男性も起立しました。

ところが全身桜色のおばさんは座る様子もなく、こちらに摺り足で迫ってくるんです。ずりっ、ずりりっ、とアスファルトの砂利を靴底でこすりながら、まるで能を演じているような動きで接近してきたんです。

あっ、すこし面倒な人物かもしれないぞ——そう察した僕は、再び座りなおすと胸の前でカバンを抱きしめ、静かに顔を伏せました。

すると、ピンクの女は俯いている自分の前をいったん通過してから、再びずりずりと戻ってきたんです。その人、ベンチ前の道を何度も行き来しているんですよ。

うわ、なんだよ。本格的にヤバいじゃん。

警戒心でさらに背中を丸めた、次の瞬間でした。

「ゆうしょう、ゆうしょう」

「りく、りく、りく」

女性のかすれた声——あの桜色の女に間違いありません。けれども、口にした言葉の真意はさっぱり理解できませんでした。

優勝ってなにが？　陸ってどこの？　マズいと思いつつも、気になってしまった僕はそっと顔をあげ、こっそり薄目で様子をうかがったんです——そしたらね。

桜色のおばさん、先ほどの親子と妊婦の女性を次々に指さしているんですよ。

おまけに三人とも無視するどころか目を大きく見開き、女性を凝視しているんです。男性は立ち尽くしたまま、彼のお母さんは口に手をあてた姿勢で、妊婦さんは我が子を庇うように両腕でお腹を隠しながら——全員、謎の女を見つめているんです。

え、これってどういう状況？

混乱するなか、ピンク女が僕の前でぴたりと足を止めました。

遠目に見ていた印象よりも、はるかに年上の女性でした。長髪には枯れ葉のかけらやティッシュの切れはしが絡みつき、唇には口紅の赤いダマが付着していて。伸びた爪のあいだには、黒い土がびっしりと詰まっているんです。

容姿の異様さに怯みつつも、僕は悩んでいました。

女がまともじゃないのは一目瞭然ですが、まさか妊婦さんや高齢の女性を置きざりに逃げるわけにもいかない。さりとて怒鳴って追いはらおうにも、女は意味不明な言葉を吐いているだけで実害はない。下手をすれば、こちらが訴えられかねない。

さて――どうすべきか。結論が出ないまま、一分あまり経ったころでした。

いきなり女性が指をまっすぐ僕に向けて、口を開いたんです。

「なおや、なおやなおやなおやなおやなおや」

その瞬間、言葉の意味が判りました。

息子の名前なんです。

〈なおや〉は、まもなく産まれる我が子につける予定の名前なんです。ついさっき妻と決めてきたばかりの、僕たち夫婦以外は誰も知るはずのない名前なんです。

「……なんで」

「なんで！　なんであなた、孫の名前が祐翔だと知ってるのよ！」

僕の問いへ被せるように、高齢女性が声を張りあげました。

とたん、桜色の女は茶色い歯を見せて笑うと、そのまま踵《きびす》をかえし、やってきた道をずりずりと去っていったんです。女がすっかり見えなくなった直後、駅前行きのバスが到着して、僕以外の三人は逃げるように車内へ乗りこんでいきました。

それきり、いまもなにひとつ判らないままです。


今年の春、妻が第二子を妊娠しましてね。

いまは長男もお世話になった、あの産婦人科へバスで通っています。

もちろん嬉しくはあるんですけど――今回は、お見舞いにいかないと決めています。

ええ、そうです。あの女にまた遭う気がして怖いんですよ。

僕の態度でなにかを察しているんでしょう、妻は最近「男の人って、ふたりめの子は感動が薄いんだってさ」と、遠まわしに不満を漏らしています。

申しわけないとは思いますが、妻に事実を伝えるつもりはありません。この出来事は今日この場を最後に、墓の下まで持っていくつもりですから。

うしろで

【採録：二〇二一年・某公民館会議室にて／話者：四十代女性・山形県内在住】

お話の最中に、いきなり手を挙げてしまって申しわけありません。

あの――黒木さんの背後にガラス窓があるじゃないですか。わたしが座っている場所、すこし斜めの席なもんですから、よく見えるんです。

その窓の向こうを、さっきから白い影がちらちら横ぎっていくんですよ。

最初は「カーテンがガラスに反射してるのかな」と思っていたんですが、カーテンはまったく動いてないんですよね。それが気になって、ずっと目を凝らしていたら――。

腕なんですよ。細長い腕が、なにかを掴もうと、何度も窓に近づいたり遠ざかったりしているように見えて、仕方がないんですよね。

わたしの勘違いなら良いんですけれど、「車のボンネットに手形がついていた」なんて話、たまに聞くじゃないですか。だから怖くなってしまって、つい挙手したんです。

あれ――危ないものじゃないですよね。わたしたち、大丈夫ですよね。

（筆者が弁明するなか、観客数名「見えたよね」「そうだよね」と囁きあっている）

南の島のお人形

【採録：二〇二二年・某書店にて／話者：五十代女性・居住地は非公表希望】

身内以外にお話しするのは初めてなもので、ぎこちない説明になるかもしれません。それを承知のうえで聞いてもらえますでしょうか。

はじまりは、小学四年生の休み時間でした。

同級生の[redacted]子が、いきなり「これ、あげる」と木彫りの人形をくれたんです。

大きさは三十センチ弱。こけしみたいに手足がない、胴体と頭部だけの人形でした。もっとも、こけしのような愛らしさは微塵もありません。深く彫りこまれた目はきつく吊りあがり、口も斜めに歪んでいるんです。おまけに胴体には刃物を突き立てたような傷がいくつも刻まれていました。全体は粗雑だけど細部が緻密で、生気を感じないのに生々しいという、ひどくアンバランスな人形だったんです。

はたして受けとっていいものか、わたしは子供ながらに悩みました。

人形の薄気味悪さもさることながら、■子とは特別親しい間柄ではなかったからです。だって四月にクラス替えでおなじ組になっただけで、お喋りをしたこともないんですよ。自分がこんなものをもらう理由がまるで判らず、わたしは戸惑っていたわけです。

「民芸品みたいだけど、どこのお人形なの？」

受理するか否かをはぐらかすわたしに、彼女は笑顔で「◆◆島！」と答えました。

彼女のお父さんが半月ほど前に海外出張で◆◆島を訪ねたおり、現地のガイドさんがお土産にこの人形をくれたんだと、ほがらかに■子は言うのです。

「……じゃあ、今晩パパとママに聞いてみるね。勝手にもらったら怒られちゃうし」

小学四年生の頭で考えつく言いわけとしては最善だったと思います。けれども■子はあからさまに納得いかない表情を浮かべ「ダメって言われたら返せばいいじゃん！」と食い下がりました。結局、小心者のわたしはなにも言えず、半ば押しつけられるような形で木彫り人形を譲りうけたんです。

放課後、わたしは一緒に下校していた同級生へ一連の出来事を説明しました。

その子とは自宅が近所で、放課後も頻繁に遊ぶほどの仲良しだったんです。だから、まんがいち人形の件が発覚して「えこひいきされてる」などとあらぬ誤解を抱かれないよう、あらかじめ困っている旨を打ちあけたんですね。

すると、話を聞き終えた同級生が「それ、おかしいよ」と首を傾げまして。

「[redacted]子ちゃんの家ってちいさい電器屋さんだもの。お父さんが出張で外国に行くなんて、絶対にないと思うんだけど」

驚きました。それじゃあ[redacted]子が教えてくれた話はデタラメだったのか。だとすれば、人形はどこから入手したものなのか。そもそも、どうしてそんな嘘をつくのか。疑問は尽きなかったものの、気弱なわたしが[redacted]子を問い詰めるなどできるはずもなく、それ以上の追求はあきらめざるを得ませんでした。

どうしよう。不気味な人形など手許に置いておきたくはない。しかし捨ててしまえば、のちのち[redacted]子に「お人形、大事にしてる?」と問われた際に申し開きができない。飾っておくか、それとも廃棄するか。

幼い頭で考えたすえ、わたしは〈臭いものには蓋をしておこう〉と決めました。

帰宅するなり、学習机の最下段にある大きい抽斗《ひきだし》へ人形を押しこめたんです。

根本的にはなにも解決していないものの、ひとまず問題から目を逸らすことができて、わたしはおおいに安堵した——のですが。

それからしばらく経った、ある日の午後。

わたしはひとり、自室のあちこちを漁っていました。転校した元同級生へ手紙を書く必要が生じ、年初にその子から届いた年賀状を探していたんです。

けれど、年賀状はなかなか見つからなくて。途方にくれていたそのさなか、わたしはあの抽斗に目を留めました。

年賀状、ここへ適当に放りこんだって可能性もあるよね。

でも、このなかには、あれが。

躊躇しつつも抽斗を開けると、木彫り人形は隠したときと変わらぬ体勢で、無造作に転がっていました。ただ——。

顔が違うんです。あきらかに表情が変化しているんですよ。

目がさらに吊りあがり、一文字に結ばれていたはずの口が、ほんのすこし開いていて。隙間から歯が見えているんです。心なしか、胴体の傷も増えているような気がしました。

わたしは恐ろしくなって抽斗を閉め、元同級生へ手紙を送るのを止めたんです。

再び人形と対面したのは、それから八年後のことでした。

当時、わたしは地元の高校を卒業し、進学のために上京することが決まっていました。それにともない自室の荷物を整理するなかで、ひさびさにあの抽斗を開けたんですよ。

人形はあいかわらずおなじ位置に横たわっていましたが、子供時代のような恐怖心は湧きませんでした。たしかに不吉めいた顔立ちではあるものの、出来の悪い彫像にしか見えなかったんです。

こんなガラクタを過剰に怖がるなんて、あの頃の自分はどうかしていたに違いない。表情が変わったように感じたのも、臆病な気持ちがそう思わせただけなのだろう。

そう結論づけたわたしは、木彫り人形を躊躇なく燃えるゴミの袋へ投げ入れました。昔のトラウマを葬ってやった——そんな達成感がありましたね。

「ざまあみろ」

ゴミだらけの人形に向かって吐き捨てたときの爽やかな気持ちは、いまでもはっきり憶えています。

ななつ上の姉が失踪したのは、その翌週でした。

姉は短大を卒業後、隣県の製薬会社に勤めていたんです。ところがある日、職場から実家に「先週から連絡が取れないんですが」と電話がかかってきまして。わたしと両親は「急病で動けないのか、あるいは交通事故に遭ったのか」と心配していたんですけど――真相は、われわれの予想とはまったく違ったんですよ。どうやら姉は、所属する部署の上司と男女の関係になってしまったらしいんですね。けれども相手には奥さんがいたため、ほどなく不倫の事実が家庭と職場にばれてしまい、上司は退職。その直後に姉の行方も知れなくなったというんです。

数日後、姉の勤務先から二度目の連絡がきました。航空券などを調べた結果、ふたりは揃って海外に駆け落ちしたことが――すいません、いまの発言は訂正させてください。だって、駆け落ちではないんですから。心中だったんですから。

姉が部屋に残した手紙には「あの世で一緒になります」との一文が綴られていました。はい、異国の地で愛する人と一緒に死ぬつもりだったようです。

姉がそこまで情熱的な人間だったことにも驚かされましたが、なにより驚愕したのは、職場の方が突きとめた、ふたりの行き先でした。

姉と上司が最期の場所に選んだの、◆◆島なんです。

あの人形の島だったんです。

姉は、わたしが■子に◆◆島のお土産をもらったことなど知りません。それどころか人形の存在も気づいていなかったはずです。

それなのに、どうして人形が作られた島を死に場所に選んだのか。しかも、わたしが人形を棄てた直後に。これは単なる偶然なのか。本当にたまたまなのか。

結局、なにも解決しないまま、いまも姉と上司は消息不明です。


それでも最近、ようやく「姉の一件にしっかり向きあおう」という心境になりまして。だから、まずは◆◆島をインターネットで検索してみたんですね。

有名な観光地ではないため情報こそかぎられていましたが、島内の風景や文化などを知ることができて、「ああ、ここを姉さんは歩いたのかもな」と、なんとなく供養の旅をしているような気分になりました。

ただ——ネット上には◆◆島のお土産や伝統工芸がいくつか載っていましたが、あの人形だけは何処にも見あらないんですよ。

といいますか、◆◆島には人形を彫る風習がないらしいんです。
じゃあ、■子がくれた人形、いったい何処のものだったんでしょう。
どうして彼女は、あんなものをよこしたんでしょう。
いまでも、ずっと考え続けています。

ＡＩの山

【採録：二〇二三年・某図書館にて／話者：三十代女性・東北地方在住】

最近、ＡＩの絵が流行ってますよね。あ、そうですそうです。よく描けてるんだけど文字がバグっていたり手が変な角度に曲がっていたり、細部が微妙におかしいアレです。

わたし、あの絵が本当に嫌いで。

目にすると気絶しそうになるくらいダメなんですよ。いまも口にしただけで、ほら。

（話者、セーターの袖をまくって鳥肌が立った腕を見せる）

ここまで苦手なのには、ちゃんと理由があって。

山――なんですけど。


わたしのお祖父ちゃん、黒[redacted]山という山を所有していたらしいんですね。

母によれば昔は資産として山を購入する人は珍しくなくて、新しい家を建てるときに持ち山の木を建材にするのがステイタスだったんだそうです。でも、いまは山林の値打ちなんてゼロに等しいじゃないですか。だから、お祖父ちゃんが死んだあとは父も母もほかの親戚も放置していたんですって。

ところがある日、お祖父ちゃんの地元にある消防署から「そちらが所有している山で、火事が発生しました」と連絡があって。幸いボヤで済んだんですけど、消防署の人には「基本的には罪に問われませんけど、あまりに手入れがされていない場合は管理責任を問われる場合もありますからね」と窘《たしな》められてしまったんです。

おかげでウチの両親、「捕まるかも」とビビっちゃって。それで悩んだあげく「娘に確認してきてもらおう」って結論にいたったたんですよ。つまり、わたしが山の偵察係に任命されたんです。本人に相談もなく。頭にきちゃうでしょ。

だから最初は断るつもりだったんですが、両親からは「不法投棄されたゴミや家電がないか、ちょっと見てくるだけだから」なんて説得されて。おまけに交通費にプラスで手間賃もくれるっていうので、ちょっぴり心が動いてしまったんですよね。

父いわく、黒[redacted]山は三十分も歩けば山頂に着くほどの低山らしくて。「ハイキングでお金がもらえるなら悪くないバイトかも」と思っちゃって。

そんなわけで翌週の日曜、さっそく黒[redacted]山まで出かけたんです。

具体的な場所や地名は控えますが、お祖父ちゃんの山は予想していたよりも人里から近い場所にありました。山道はなだらかで歩きやすいし、大嫌いな虫や動物もまったくいないし、心配していた不法投棄の類も見あたらなくて。

で——すこし拍子抜けしながら、坂道を三十分くらい歩いたのかな。いきなり両脇の木々が消えて、すこし平らになっている山頂に到着したんです。

でも、着いたはいいけど特にすることもないんですよね。「ひとまず、ちゃんと行った証拠に写真を何枚か撮っておくかな」と、ズボンのポケットからスマホを取りだして、カメラアプリを起動させて、シャッターを切ろうとしたら。

「あれっ」と無意識のうちに声が漏れました。

視界の先に、似たような低山があるんです。

でも——その山、なんだか違和感があって。

ええと、どう説明すれば上手に伝わりますかね。山って、それなりに距離があるじゃないですか。あたりまえですよね。大量の土が隆起して山盛りになっているんですから、そのぶん山と山って離れているはずでしょ。

なのに向かいの山、やたら近いんです。

広い道路を挟んだ隣のビル――そのくらいの距離にしか見えないんですよ。まるで、こっちの山を巨大な鏡に映しているみたいな感じなんですね。

思わずスマホの画面を指でなぞって、カメラをズームさせたら――異様に近いその山、黒[redacted]山と本当にそっくりなんです。木が生えている位置も山頂の地形も、ぜんぶ一緒で。こっちの景色を反転させたとしか考えられないんですよ。

わたし、もう混乱しちゃって。「なにこれ、なにこれ」って画面を見ながらひとりで騒いでいると――林の向こうから、山頂へのぼってくる人影が見えて。

その人、アウトドアブランドの赤いウインドブレーカーに、ベージュのチノパン姿で。頭にはカーキ色のサファリハットを被っていて。いかにもハイキング的な服装で。

それ、自分とまったくおなじ服装なんです。

でも、似てるけど違うんです。

目鼻のバランスや首の細さ、あとはウインドブレーカーのロゴとか帽子の横文字とか、細かな部分が微妙に歪んでいるんですよ。

そうです。そのとおりです。ＡＩが生成した絵にそっくりな外見なんです。

頭のなかはパニックですよね。すぐに逃げだしたいけど目が逸らせない、みたいな。

それで、録画ボタンを押そうか押すまいか迷っていたら――。

私に似た人が、こっちに顔をまっすぐ向けて。

一拍置いてから、ぐしゃあっと笑って。気づいたと言わんばかりに笑みを浮かべて。

手前の山肌を、がくがくした動きで一気に下りはじめたんです。

あ、こっちに駆けよっているんだ。来るんだ。

気づくと同時に、わたしは走りだしていました。

人間っておかしくて、そういう状況でも「靴紐ほどけてないよね」とか「スマホってマナーモードにしてたっけ」とか、意外と冷静に考えられるものなんですね。おかげで転倒することもなく、行きの半分ほどの時間でふもとまで辿りつきました。

そのあとは車に飛びのって、国道までひたすらノンストップですよ。量販店の看板や渋滞する車列が目に入ったとたん、ハンドルを握る手が制御できないほど震えちゃって運転ができずに困ったのを、ぼんやり憶えています。

ようやく帰宅したのは夕方過ぎ。両親には「別に、なにもなかったよ」と告げました。だって説明のしようがないでしょう。言ったところで信じてもらえるとは思えないし、まんがいち「もういっぺん見てきてくれ」なんて頼まれたら――。

だから、黒[redacted]山に行ったのはそれが最後です。あの一件で、流行りのＡＩが描く絵も苦手になりました。本当に、本当にぞっとするくらい〈アレ〉とそっくりなんです。

ふるえどころ

【採録：二〇二四年・某市議会にて／話者：七十代女性・山形県在住】

わたくし、是非とも専門家にお窺いしたいことがございまして、本日はこちらの会にお邪魔させていただきました。

と言いますのも、わたくしは特定の場所に参りますと——金縛りというんでしょうか、身体がビリビリっと電流が走ったように震えて動かなくなってしまうんですの。

これまでの半生で、そのような奇体な経験が三度ばかりございましてね。

最初に「おや」と思ったのは、交流事業で訪ねた沖縄旅行でした。

三泊四日の旅程だったんですけれども、その二日目の道中、いきなり一歩も歩けなくなりまして。〈足が棒になる〉という慣用句さながらの状態になってしまったんです。

そのときは「日射病にでもかかったのかしらん」と自身の不養生を恥じつつ、木陰でしばらく休憩して事なきを得たんです。

ところが山形に帰ってきてまもなく、沖縄へ同行した仲間から「あなたが体調不良になったところ、ひめゆりの塔だったものね」と言われまして。そこでようやく「ああ、そういうことだったのか」と納得に至った、そんな次第でございます。

ふたつめは、女学校時代の悪友ふたりと行ったイタリア旅行でした。

コロッセオでしたっけ、ローマにある古代の円形闘技場へ入った次の瞬間、もう足が震えて震えて、階段をまともに降りられないんです。その際も、翌日にガイドさんから「あそこは、奴隷と獣を格闘させた血《ち》腥《なまぐさ》い場所なんですよ」と聞いて、然もありなんと膝を打つことになったわけです。


と、ここまでは旅の空での出来事でございますから、まだ恥として掻き捨てることもできます。けれども最後の話ばかりは、そういうわけにもいきませんでね。

[redacted]市に[redacted]沢という処がございまして。ええ、山形県内での体験なんです。

ある日の夜、わたくしは[redacted]沢にお住まいの知人を車で送り届けておりました。

ところが、彼女と別れて[redacted]沢地区にある共同墓地の手前に差しかかったとたん、頭のてっぺんから足の先まで石のように硬直してしまったんです。おまけに「火炙りにでも遭っているのではないか」と思うくらい、身体じゅうが猛烈に熱くなりましてね。

このままでは事故を起こしかねないし、かといって車を停めようにも、なにせ場所が場所でしょう。熱さと恐ろしさで汗びっしょりになりながらも、わたくしはハンドルを必死で握りしめたまま、ひたすらに我が身の無事を祈り続けたんでございます。

やがて——墓地が遠ざかるのとほぼ同時に、強烈な金縛りも猛烈な熱さも嘘のように消え失せました。帰宅後にお風呂で身体を調べてみたものの、火傷の跡はおろか、肌が赤くなっている様子さえないんです。

わたくし、その一件があんまり気になってしまって——送り届けた知人にそれとなく聞いてみたんですよ。

すると、びっくり仰天。あの日の午後に墓地では納骨がおこなわれていたそうで。それがあなた、焼身自殺なさった方の遺骨だというじゃありませんか。

農家さんだったらしいんですけれど、なんでも納屋の裏で頭からガソリンをかぶって、林檎の木にしがみついたまま黒焦げで絶命なさっていたそうで。

「ああ、やっぱりそうか」と大いに得心した——そのような話でございます。

ここまで続けて我が身に不思議が起きますと、さすがに疑う余地はありませんよね。

けれどもテレビ番組などでは、偉い学者の方が「金縛りは生理現象だ」なんて言っておりますでしょう。それがわたくし、なんとも腑に落ちないんですよ。金縛りというのは、やはり単なる身体の変調なんでしょうか。

だとすれば――わたくしの体験したあれは、いったいなんなんでしょうか。

冥土のみやげにご教示いただけましたら、たいへん嬉しゅうございます。

樹海に似た部屋

【採録：二〇二三年・某イベントにて／話者：六十代女性・北関東在住】

亡き父が平成はじめにアパートを建てましてね。現在は私が大家になっております。メゾン[redacted]などという気どった名前ですが、内実はフローリングのワンルームにキッチンバストイレ付きという一般的な独身者用の賃貸物件です。近くに国立大がある関係で、建てた当初は学生さん向けだったんです。でも最近の若い方はセキュリティがしっかりした賃貸を好まれるようで。親御さんもオートロック完備じゃないと、借りるのを渋るんですよ。これも時代の流れですね。

そんな事情から、ここ最近は高齢者の方に部屋をお貸しする機会が増えたんですが、年齢が年齢なもので、お亡くなりになるケースも珍しくないわけです。

いいえ、それ自体はとっくに慣れました。人間いつかは死ぬものですし、最近は家主向けの孤独死保険で保障いただけますから、家財の撤去や清掃などもそれほど負担にはならないんです。ただ、それでもあの部屋だけは不思議で仕方ありません。

ああ、すいません。いきなり「あの部屋」なんて言われても混乱しますよね。

ええと――念のためおうかがいしますが、地名や住所は伏せていただけるんですよね。

関係者が読んでも大丈夫なんですよね。

承知しました。では、お話しさせていただきます。

メゾン[redacted]の1[redacted]号室だけ、毎回おなじところでご遺体が見つかるんです。

その、発見される場所というのが――壁際なんですよ。

キッチンとお風呂場のあいだにある、すこし窪んだスペースの壁際。そこでかならず亡くなっているんです。これまで四名の方が死後に発見されているんですが、全員とも一緒の場所で息絶えていたんですね。お布団のなかで冷たくなっていたとか、入浴中にそのまま死んでしまったというのであれば理解も追いつくんですが、遺体のある場所はなんの変哲もない壁のそばで。わざわざ死に場所に選ぶ原因が見つからなくて。

そんなのまるで、なにかから逃げていたみたいでしょう。

逃げきれなくて、追いつかれちゃったみたいでしょう。

おまけに――その部屋だけ、ご遺体の傷みが異様に早いんです。

先ほどご説明さしあげたとおり、ここ数年は入居者の大半が高齢の方なので、ほかのお部屋でも孤独死される方はいらっしゃるんですね。およそ一、二週間ほどで私たちも異変に気づくんですけど、そういう場合は原型を留めているんですよ。季節によっては腐敗していることもありますが、悪臭こそキツいけど人間の姿は保っているんです。

ところが、1[redacted]号室だけは白骨なんですよ。

衣服を着たまま、きれいに骨と化しているんですよ。

ひとりだけであればともかく、四人続けて白骨でしょ。警察の方も「死亡推定時刻と整合性が取れないんですよね」と、たいそう困っていらっしゃいました。

私は「ネズミに食べられたのかしら」なんておっかない想像をしていたんですけど、現場へ来た鑑識の方におそるおそる告げたところ「ネズミ二、三匹程度では、一週間で白骨にするのは不可能です」と笑われました。

そういえば——その鑑識の方、独り言をぼそぼそ喋る人でね。

ぽつりと漏らしているのを、たまたま聞いてしまったんですけども。

「そういえば、樹海で見つかる死体がこんな状態だったなあ」

樹海って、富士山のふもとにある森でしょう。自殺なさる方が侵入する場所でしょう。

そんなところとおなじ状態になるって——どういうことなんでしょう。

あの部屋、なんなんでしょう。


現在、1[redacted]号室には七十代のお爺さんが入居されていらっしゃいます。

あの方、五人目になるんですかねえ。

やっぱり、壁際で骨になってしまうんでしょうかねえ。

あめをんな

【採録：二〇二三年・某記念館にて／話者：二十代女性・山形県内在住】

実家がある山[redacted]地区で、高校生の夏に体験した話です。

午後八時すぎに部活を終えて、わたしは自転車で帰宅していました。

市街地から山[redacted]へ続く道は坂になっているため、ペダルを漕ぐのもひと苦労なんです。

とりわけ、途中にある田んぼ前のバス停までがキツいんですよ。

そうはいっても進むしかないですからね。夜と思えないほど汗だくで坂道をのぼって、古いバス停の前を横ぎったあたりで、ようやく傾斜がなだらかになってきて。

「よし、あとは下るだけだ」なんて勝ちほこったら——。

ずんっ、と座席がいきなり沈んで、タイヤが後方にずるずる引きずられたんです。

やば、パンクしたかな。自転車が壊れて下り坂を戻ってるのかな。そう思い、焦ってペダルを踏みなおそうとした直後。

びとんっ、と背中に水っぽいものが張りついて。

反射的に振りかえると、びしょ濡れの人が荷台へ後ろむきに座っているんです。

薄赤色のワンピースを着た女性でした。

その人、足をぴんと伸ばして、踏んばるみたいに爪先をアスファルトに押しつけて。

えっ、誰。いつ乗ってきたの。

ていうか、そんな指の先っちょで自転車って止められるもんなの。

なにがなんだか判らないまま、それでも「絶対に止まっちゃいけない」と直感して、わたしは一所懸命にペダルを漕ぎ続けました。けれども自転車、重さがどんどん増してきて前に進まないんです。それどころか、逆にじりじりと退がっているんですよ。

怖いなんてもんじゃありませんでした。あたりは田んぼと山だけなので灯りもないし、そういう日にかぎって車も通らないし。

泣きそうになりながら、それでもわたしはハンドルを強く握りなおして。

濡れた背中に触れるのが嫌で、立ち漕ぎのまま腿《もも》をぱんぱんにしながら走り続けて。

それで、どうにか古い小学校の前まで辿りついた、そのとたん——いままでの重さが嘘みたいに自転車が軽くなったんです。

その後もノンストップでペダルを漕ぎ続けて、ふらふらで帰宅しました。

さすがに両親には言えなかったですね。信じてくれないだろうし、まんがいち信じてもらえても「部活を辞めろ」なんて話になったら大変だし。

だから、誰にも言わず黙っていました。あの日までは。

数日後——学校で同級生とお喋りしていて、たまたま山[redacted]の話になったんですね。そしたら彼女がいきなり「田んぼの脇にあるバス停、知ってる？」と口にしたもので、ギョッとしちゃって。

「あそこさ、椅子が置いてあるじゃん」

たしかに同級生の言うとおり、バス亭には丸椅子がひとつ置かれていました。バスを待つ高齢者用に設置されたんじゃないかと思うんですけど。

その椅子が、いったいどうしたの——そう訊ねるより早く、彼女が口を開いて。

「あの椅子、雨の日になると女の人がびしょびしょに濡れた格好で座ってるんだよね。あたし、塾帰りにお母さんの車であそこを通ったんだけど、その女の人、バスが来ない遅い時間なのに座ってんの。しかも靴を履いてないの。裸足をまっすぐ伸ばして、指を地面に突き刺してんの。ふたりで〝なにあれ〟って顔を見あわせちゃった」

わたし、思わず「絶対にその人だ！」と叫んじゃって。
先日の出来事を話したら、同級生に「ちょっと、もう夜にあそこ通れないじゃん」と涙目で抗議されました。彼女、それからしばらく怒っていましたね。

でも――わたしね、すこしだけ腑に落ちないんです。
妙な体験をした夜って星が見えるくらい快晴だったんですよ。
あの女の人、どうして雨も降ってないのに姿を見せたんでしょうね。
バスに乗るつもりだとしたら、いったい何処に行くつもりだったんでしょうね。
まあ、いまとなっては確かめようがないし、確かめるつもりもありませんけど。

だるま地蔵

【採録：二〇二二年・某図書館にて／話者：七十代女性・山形県在住】

（講演終了後、館内のカフェでくつろぐ私のもとに話者が近づいてきて）

あのよ、さっきはお客さんが多かったもんで、さだげねくて《恥ずかしくて》手ェ挙げらンねがったんですけど、地元サ変わった話がありましての。いま、ここで話しても大丈夫ですか。

わたしの家は[redacted]市なんですが、地区に〈だるま地蔵〉がありまして。地蔵と呼んでっけど、実際は直径二十センチくらいの石です。いえいえ、お寺さんにあるわけでなくて普通の家でお祀りしてるんですよ。

その家の母ちゃんがお嫁サ来たとき、敷地で見っけで「あれ、おもしぇ《珍しい》石だな」って庭サ置いだらしいんです。ンだら、旦那とお姑さんが駄目サなってしまったそうでの。

そうです。駄目っていうのは「具合が悪くなった」って意味で。どっちがどっちだか忘れでしまったけど、片方は両眼が潰れて、もう片方は喉が焼けたはずですの。

それで母ちゃん、お堂こさえてずっとお祀りしてるって。

はい、いまも祀っておりますよ。わたしも年に何度か手ェ合わせにいきます。

（興味深い伝承ですね——という筆者の言葉を聞き、話者が大きく手を振る）

違う違う。伝承でねェの、昔話でねェの。いまも本当にいろいろあるんだから。

わたしの次男夫婦、この地区にある知りあいの家で芋煮会したことがありましての。庭で火ィ焚いて、芋煮の鍋ァ囲みながら酒飲みしておったんです。

ンで、次男も酔っぱらって口が滑ったんだべな。「この近所サ、おかしな家あってよ。石を地蔵だど言い張って拝んでおるんだ」と小馬鹿にして笑ったんですと。

そのとたん、ちょうどお堂のあたりが、ごおおおおっ、と低く唸りながら光って。夜空が真っ白になったもんで、もうみんな震えてしまって。そのまま、芋煮ァ終いになったそうです。

「全員が目撃したもの、酔って幻を見たわけでねェよ。ナイター野球でもやってんじゃねェかと思うほどの明るさだったんだ」

帰ってくるなり次男夫婦が顔ァ青くして、そんな話を教えてくれましたっけの。

信じてもらえましたか。住所教えっから、いっぺん行ってみでください。だるま地蔵の機嫌が良い日であれば顔が浮いて、目鼻や髪の毛がはっきり見えますもの。
わたしもいっぺんだけ、地蔵さまの顔を拝んだことがあります。
怖い顔でしたよ。あれは地蔵でなくて、死んだ人の顔だと思います。

（筆者注：この後に調査してみたところ、平成六年七月の地元新聞にこの石と思われる話が掲載されていた。記事には「この石を拾った一家に病気など不幸が相次ぎ、口寄せ巫女に相談したところ〝丁重に祀らなければ家が没落する〟との託宣を受けて、裏庭に堂を建てて祀るようになった」との謂《いわ》れが記されている）

しぬあそび

【採録：二〇二〇年・某イベントにて／話者：四十代男性・西日本某所在住】

小学三年のとき、家がおなじ方向の同級生と帰り道を歩いていたんです。

子供っておとなしく下校しないじゃないですか。ブロックを引っくりかえして昆虫を探したり、家と家の隙間を「秘密の近道だ」とか言って通過したり、とにかく遊ぼうとするでしょ。一緒に帰宅していた同級生が、まさにそういう〈遊戯の天才〉で。

その日も彼、独自のゲームを発案してきたんですよ。

【すれちがった人と目が遭ったら死ぬ】

本当にシンプルでくだらないルールなんです。でも、小学校三年生って「死ぬ」とか不謹慎な単語を聞くだけでゲラゲラ笑う年齢でしょ。だから僕も気に入っちゃって。

さっそくゲームスタート、ふたりで死なないように進みはじめました。

向こうから歩いてくるお爺ちゃんとか、原チャリに乗っている配達のお兄さんとかをひたすら凝視して、相手が視線に気づいてこちらを見る直前に顔を伏せるんです。

いわば〈レーザーで射ぬかれる直前に避ける〉的なスリルを楽しむ遊びなんですね。もちろん目が遭ったからって、どうにかなるわけじゃありません。そのあたりは子供なんで適当でした。あとはいきなりボーナスポイントをつけたり、勝手にバリアを登場させてみたりと、ルール変更もまあまあ自由なんです。

「いま、ギリギリで避けたからプラス百ポイント！」

「俺、スーパーバリア使ったから、あと三人は目が遭ってもセーフ！」

とまあ、そんな微笑ましい遣りとりをしながら歩いていたんですが、さすがに十分もやれば飽きるじゃないですか。もう家も近くなってきたし、そろそろ辞めどきだなと。

それで「よし、次でラストにしようぜ！」って宣言したと同時に、

知らない女の人が視界にぴゅるっと侵入《はい》ってきたんです。

文字どおり一瞬の出来事、それまで姿どころか気配すら感じなかったんですよ。

驚く僕らを前に、女の人は〈気をつけ〉の姿勢で直立していました。

たぶん、四、五十代だったのかな。縮れた長髪の痩せた女性なんですけど、僕たちが見えていないかのように無表情で、その顔つきがなんだか薄気味悪くてね。

おまけに、彼女のまわりを蝿がぶんぶん飛びまわっているんですよ。鼻の穴を出入り

して、髪のすきまに潜りこんでいて——それなのに、まったく動じる気配がないんです。

そもそも一月なんですよ。普通は蝿なんかいないでしょ。

僕と同級生が、どう反応すればいいか判らずに固まっていると——。

女が直立したまま、身体をこちらに回転させて。

眼球だけをごろんと動かして、僕たちふたりを見下ろすと。

「はい、しんだああ」

裏返ったような細い声で、そう言って。

汚い歯を見せながら笑って。

全身に鳥肌が立つ——という形容を、あのときはじめて経験しました。

だって〈目が遭ったら死ぬ〉ってルールは、彼と僕以外に誰も知らないはずなんです。

無表情に戻った女がおもむろに歩きだして、道のかなたに消えるまで、僕も同級生も
その場から動けませんでした。

「……大丈夫だよ。たかがゲームでしょ、本当に死ぬわけないじゃん」

「だよな。ボーナスポイントもたくさんあるし、バリアだって張ったし」

そう言っておたがいを慰めながら、僕たちは別れたんです。

さすがにその夜は寝るのが怖くてね。「死んじゃったらどうしよう」と不安でしたよ。

でも、当然ですけど翌朝は普通に目覚めて。死んでもいないし具合も悪くないしで。

学校に行ってみると、同級生にも変わった様子はありませんでした。

それで僕は安堵したんですが、まもなく彼は出席と欠席を繰りかえすようになって、一ヶ月も経たないうちに学校へ来なくなってしまって。

そして、ある日の朝礼で、担任から「同級生が転校したこと」を告げられたんです。

「ご家族に急な不幸があって、遠い親戚のお宅へ行くことになったそうです」

反応の薄いクラスメートをよそに、僕はひとり、再び鳥肌を立てていました。

死ぬのって——本人じゃないのか。

そういうルールだったのか。


彼とはそれきりになりました。名前も忘れてしまったし、顔もぼんやりとしか憶えていません。でも、いまもときどき考えてしまうんです。

あのとき〈死ぬ遊び〉を止めていたら。あの女に遭わなかったら——同級生の人生は違うものになっていたんじゃないか。そんなことを、つい考えてしまいます。

手をたのむ

【採録：二〇二三年・某大学祭にて／話者：四十代女性・現在は山形県在住】

小三の夏休み——伯父が「誰にも言うなよ」と、こっそり教えてくれた話です。昭和も終わりの出来事だと聞きました。

伯父が工場の副主任になってまもなく、同僚の男性が事故に遭ったんだそうです。大型機械に制服の袖が巻きこまれ、左手首から先を切断するという大怪我で。現場が騒然とするなか、伯父は青い顔でうずくまる同僚の傷口にタオルを押しあて、救急車が到着するまで止血を続けたとのことでした。

「すぐにタオルが血を吸ってしまって、絞れるほどにぼたぼたと重くなるんだ。何十枚使ったか数えきれないよ。幸いにも、命に別状はなかったんだが……そのあと、すこし困った事態が起きてね」

切断されたはずの手が見あたらなくなった——というんですよ。

工員みんなで機械の内部から床の隙間、さらにはトイレや更衣室まで捜索したものの発見できなかったらしくて。手さえ見つかれば、病院で接合手術をおこなうという選択肢もあったみたいですが、さすがに〈現物〉がないのでは対処できないですよね。結局、会社側は探すのが面倒になったのか「機械で潰されたのだろう」と結論づけておしまい。同僚の方も怪我がもとで辞めてしまった――と、そのような話でした。

それから三年ほどが経った、ある日。

工場に、伯父あての電話がかかってきたんだそうです。

「併設されている事務所の職員が、工場内のスピーカーで〝何々さん、お電話です〟と教えてくれるんだ。でも滅多にないことだからさ。〝誰か知らないが、仕事中に連絡をよこすだなんて、よほどの大事《おおごと》だろう〟と慌てたっけな」

現場を離れる旨をほかの工員に伝え、伯父は急いで事務所まで走りました。職員から受けとった受話器を耳に近づけ「はい、もしもし」と口にした――そのとたん。

「たのんだよおおおおおおおおおっ」

異様に長い叫び声をあげながら、電話がぶつりと切れて。

なんだ、いまの。伯父は受話器を握りしめたままで、しばらく放心していたそうです。内容が意味不明だったからではありません。

電話の声、あの事故で辞めた同僚にとても似ていたんです。

あいつなのか。でも、そうだとしても普通に用件を伝えれば済むだろうに。

いったい、どういうつもりなんだ。

伯父が考えこんでいた矢先、今度は工場がやけに騒がしくなって。

なにごとだろうと戻ったところ、新人の工員さんが腰を抜かしていたんですって。

「い、いま、機械の調子が悪いのでチェックしてたら、こんなものが出てきて」

新人の視線を追うと、床に〈白いグローブのようなかたまり〉が転がっていて。

人間の左手でした。

これが「白骨化していた」とか「腐敗していた」というのであれば、三年前に行方がわからなくなった同僚の手だろう――って結論になりますよね。ところがその左手ね、切断されたばかりとしか思えないほど、みずみずしい状態だったらしいんです。

「でも、あの一件以来、工場で事故は発生してないんだ。手を失った工員なんて、誰もいなかったんだよ」

伯父はしばらく悩んだすえに、ようやく悟ったそうです。

さっきの電話はそういう意味か。

あいつ「俺の手が見つかるからな。頼んだぞ」と伝えてくれたのか。

伯父さんは工場長に事情を説明して左手を預かると、近所のお寺で供養してもらったそうです。本当なら警察に届け出るのが正しいんでしょうけど、寛容な時代だったのか、それとも会社が面倒を嫌ったのか──そのへんは聞きそびれてしまいました。

「……しかし、なんであの左手は三年も腐らなかったんだろうなあ。それだけがいまも不思議に思えてならないんだよ」


と、伯父がすっかり語り終えたところで、小学生のわたしは疑問をぶつけたんです。

「あのさ、なんでお寺に持っていったの？　その同僚の人の家まで渡しに行くとかさ、冷蔵で送るとかすれば、本人も喜んで受けとってくれたかもしれないじゃん」

すると伯父さん、「受けとらない……いや、受けとれないと思うよ」と、すこし困ったような顔で答えまして。

「だって、あの電話さ……長い絶叫がだんだん小さくなっていったんだよ。あのとき、まっさかさまに落下してる途中だったんじゃないかな。たぶん、あいつ」
とっくに飛び降りて死んでるんだよ。

その話をしてくれた四年後に伯父は亡くなりました。自死でした。
わたし、伯父が最後に言ったひとことがいまだに忘れられないんです。だから伯父の死体も左手と同様、いつまでも腐らないような気がして。火葬場でお骨を見ているのに、いまも生前と変わらない姿でお墓の下にいる——そんな想像をしてしまうんですよ。

巨影

【採録：二〇二二年・某図書館にて／話者：三十代男性・東北地方在住】

大学一年生のとき、非公認サークルに所属していたんです。

いちおう正式なサークル名もあるんですけど、大半のメンバーは〈廃墟部〉と呼んでいましたね。名前どおり、廃墟探訪を楽しむための集まりです。月に一、二度、誰かが探しあててきた廃墟や廃屋、廃村などをメンバー数人で散策するんですよ。

【荒らさず、騒がず、迷惑をかけず】というのがサークルのモットーでしたが、それはあくまでも建前。学生ですから現場に行けば自然と盛りあがって——ちょっとここでは口にできないような振るまいをするときもありました。

先輩に勧誘されて入ったものの、はじめは戸惑う部分も多かったですね。

そんなサークルの雰囲気にもなんとか慣れはじめた、夏休みのことでした。

「一年生のメンバー四人で[redacted]市の廃屋へ行ってみよう」という話になりまして。

その廃屋は、三年の先輩が彼女とドライブ中にたまたま発見したもので、先輩自身もすこし覗いてみただけの〈穴場〉だというんですね。

「寂れた避暑地のはずれにある別荘なんだけどさ。天井や床が崩れてないから安全だし、ぱっと見た感じは広すぎず狭すぎずで、初心者のお前たちには最適だと思うぞ」

当の先輩からそう聞いた私たちは、さっそく免許を持っている仲間の車に相乗りして[redacted]市郊外にある山あいへと向かいました。

現地に到着したのは、午前一時をまわるころだったはずです。

別荘が点在するあたりから数キロ離れた雑木林の手前に、目的の廃屋はありました。

当初、私は「別荘というからには、ログハウスかコテージだろうな」と、勝手に想像していたんですね。ところがその廃屋、ごく一般的な住宅っぽい外観なんです。田舎にありがちな和風の屋敷といえば伝わりますかね。瓦葺きの屋根で、外からでも部屋数の多さが容易に判るような平屋なんですよ。

「なんだか、ウチの祖父ちゃんの家みたいだな」

「ま、こういう古民家風の別荘が好きな人もいるんだろ」

「いやいや、古民家っていうか単なる古い家じゃん」

「内装は洒落てるかもよ。吹きぬけになってるとか、暖炉があるとかさ」

そんな会話を交わしながら、私たちは室内に入りました。あ、はい。玄関はもちろん施錠されていました。具体的な侵入方法は——すいませんが秘密にさせてください。で、ぶじに家のなかへ入って、あたりを懐中電灯で照らしてみたら。

室内ね、外観以上に一般住宅じみているんです。

狭い玄関に置かれた下駄箱の上に、民芸品らしき木製の人形が飾られていて。上がり口にはスリッパが何足も散らかっていて。生活感がそこらじゅうに残っているんです。まるで——普通に家族が住んでいた家を、人のいない山奥に無理やり移築したような雰囲気が漂っているんです。

この時点で私はかなり怯んでいたんですが、ほかのメンバーはあまり気にしていない様子でしたね。

「へえ、思ったより全然キレイじゃん」

ひとりがそう言いながら土足であがりこみ、ほかのメンバーがあとに続いていきます。私はなりゆきで最後尾を歩くことになりました。

それで、靴を脱ぐべきかどうか迷いながら、なにげなく下駄箱へ目を遣ったんですよ。

そしたら、木の人形の脇に写真が一枚、ぺらっと置かれているのに気がついて。浜辺に立っている中年の女性を撮ったスナップショットなんですが、その女性の顔がおかしいんですよね。笑う直前というか泣く寸前というか、とにかく微妙な表情で。よほどカメラマンが下手なのか、あるいは下手でも飾っておきたい写真だったのかな。家主の奥さんかもしれないな。もしかすると亡くなったのかもな。

そんなことを考えながら、私は慌てて仲間を追いかけました。

するとね、廊下の壁にも写真があるんです。

おなじ女性の、ハイキング中らしきひとコマが画鋲で留められているんです。

「よほど好きだったんだな」なんて微笑ましく思った——のは、そこまでで。

よくよく見ると、いたるところ女の写真だらけなんですよ。

お手洗いのドアとか電話台の上とか洗面台の戸棚とか。数えていませんけど、ゆうに三十枚はあったかな。おまけに、どれも微妙な表情なんです。微笑んでいるというより、筋肉が弛緩したみたいな顔をしていて。

あんまり気になったもので、私はひとつひとつ眺めていたんですが——。

我にかえると、ほかのメンバーはとっくに奥へ進んでいました。追いつこうにも懐中電灯の光が反射している所為で、どのあたりにいるのか判りません。

慌てた私は、とっさに近くの襖へと手をかけたんです。日本家屋って、部屋どうしが繋がっているでしょ。だから「ショートカットできるんじゃないか」と思ったんです。

がらりと襖を開けた先には、畳敷きの和室がありました。

八畳ほどの部屋なんですけど、畳の一角だけが日に焼けていないんですよ。長いこと置かれていたものが撤去されたのか、畳が白いままなんです。

あの大きさなら仏壇かな。すると、此処は仏間だったのかな。

そんな推察をしつつ、なにげなく視線を上にあげると——天井のあたりに遺影らしき長方形の物体が見えて。あの女と思われる白黒写真が傾ぐように掛かっていて。

それでもまあ、遺影があること自体は疑問に思いませんよね。仏間ですし、たいてい遺影って天井近く、桟のところに吊り下げてありますから。

でも——ちょっと大きすぎるんです。

遺影って、普通は五、六十センチ程度でしょう。ところがその写真、一メートル半はあるんです。芸能人や大企業の社長のお別れ会で、巨大な遺影を飾るじゃないですか。あのくらいのサイズ感なんですよ。

いや、待てよ。大きさもさることながら、この写真はどこか変だぞ。暗いうえ距離もあるから判別できないけれど、なにかがおかしいぞ。

言いようのない違和感をおぼえ、私は和室へ入るのを躊躇っていました。

すると、

「ちゃんと　みて　だめ」

廊下の奥から、仲間の声がきれぎれに聞こえましして。

よく見ろって意味かな。もしかして「臆病だ」と馬鹿にされているのかな。

まだ若かったんでしょうね。その声へ反発するように、私は和室へ足を踏み入れて、平気なふりをしながら遺影をしげしげと眺め——ようやく違和感の正体を悟りました。

遺影、コラージュなんです。

おばさんの写真をでたらめに切りぬいた破片を画鋲で留めて、一枚の巨大な女の顔にしたパッチワークなんですよ。

「うわ」って思わず叫んだ、その直後。

「ちゃんとみてしまうと　だめです」

息がかかるくらいの距離で声が聞こえて。

抑揚のない、弛緩したような声で。

とっさに振りむいたら誰もいないんです。仲間が手にしている懐中電灯の光、ずっと先で揺れてるんです。

堪えきれずにみんなのところへ走りだした次の瞬間、光がいっせいに近づいてきて。ええ、全員が駆け戻ってきたんですね。

「どうしたの」

こちらの質問に答えず、さっき先頭を歩いていたメンバーが私の袖を掴むと、乱暴に和室から引っぱりだしました。

「ちょっとちょっと、なんだいったい」

「早く出るぞ、急げってば」

「どうしたんだよ」

「いいから訊くな」

「訊くなって……なにがあったか教えてくれないと」

「駄目だ、とにかく知ろうとしちゃ駄……」

「もうだめです」

「えっ」

私と彼の遣りとりに混じって、あの声がまた耳許で聞こえました——そして。

ぱち、ぱちぱちぱち。ばら、ばらばらばらっ——。

雨が屋根を打つように軽い音が、まっくらな仏間の奥で響いているんです。

はじめはなんの音か判りませんでしたが、ふいに「もしや」と閃きましてね。

これ、画鋲が次々にはずれて、写真の切れはしが床に落ちているんじゃないか。

でも、そんなにタイミングよく剥離するだろうか。

音の正体を確かめたかったんですが、そんな余裕はありませんでした。私はサークル仲間へ引きずられるようにして、おもてまで連れだされてしまったからです。

車を発進させても、仲間たちはなかなか口を開こうとしませんでした。

一時間ほど走ったあたりでバイパスの灯りが遠くに見えはじめまして。それですこし気が緩んだんでしょう。後部座席に座っていたひとりが、シートのあいだから顔を前に出して、そろそろと口を開いたんです。

「あそこさ、たぶん」

「言うな。また来るぞ」

運転手が言葉を遮ると、あとは地元に戻るまで誰もなにも言いませんでしたね。

翌週、私は廃屋を紹介してくれた先輩に、一連の出来事を報告しました。いちおうは伝達しておかないと、サークル運営にも支障が出るかなと思って。

ところが先輩、こっちの訴えを聞いても首を傾げているんです。

彼があの家に入ったときは、写真なんか一枚もなかったというんですよ。

それで、なんだかもう厭《いや》になってしまって。結局、二年生になったタイミングで退部しました。あのときのメンツも私と前後して、全員が辞めたはずです。

風の噂ですが、サークル自体も私が卒業した翌年に解散させられたと聞きました。理由は判りません。

あの〈遺影の家〉が原因ではないか——と、個人的には思っているんですが。

天井裏の奇跡

【採録：二〇二四年・某書店にて／話者：五十代男性・福島県在住】

十年ほど前、原発関係の下請けで親方として働いていたときの話です。

詳しい内容は控えますが、とある工事で県内の[redacted]町に長期出張したんですね。滞在予定は一ヶ月でしたが、普通のビジネスホテルでは宿泊費もバカにならないでしょう。そういう場合、私たちは工事業者向けの施設に連泊するんですよ。業界で〈バジェットホテル〉や〈工事者の宿〉などと呼ばれる宿で、なによりも値段が安いんです。

そのとき私が泊まったのは、一般住宅を改装した民宿でした。おかみさんや従業員が親しげに話しかけてくれるアットホームな宿なんですが、バラエティーに富んだ夕食と朝飯を提供してくれるのが、なんだか我が家にいるようで嬉しかったですね。

現場に入って三週間ほど経った、ある晩のことでした。

翌日が休みだったもので、私は客室でのんびり発泡酒を飲んでいたんですが――。

みし、みしみしみし――と、なにか軋むような音が天井から聞こえまして。

場所が場所ということもあって「地震か」と身構えたものの、部屋は揺れていない。

そうして戸惑うあいだも、天井からは、みし、みしみし、と音が続いているんです。

こういう場合、普通だったら怖がるのかもしれませんね。けれども私は建築系ゆえの職業病で、異音の原因を推理してしまうんですよ。

民宿は二階建てで、この部屋は二階にある。つまり上階の客室という可能性はない。季節を考えればダクトが寒暖差で鳴っているとも考えにくいし、木材の伸縮とも音質がすこし違う気がする。だとしたら、動物だろう。ネコやハクビシンならばもっと派手に音を立てるはずだから、これはネズミに違いない――と、そんな結論に至りました。

それで私、宿のおかみさんに「ケーブルを齧《かじ》られると火事の原因になりかねないから、早めに駆除したほうがいいよ」と助言したんです。

そしたら、おかみさんが困り顔になっちゃいまして。

「駆除業者にアテがない、すこし宿泊費を負けるから天井裏を見てくれないか」

こっそりとそんな打診をしてきたんですよ。

もう時効でしょうから告白しますが、そのとき私は「会社に正規の宿代を申告すれば、差額を小遣いにできるな」と、よろしくない考えを抱きまして。元請けはそのあたりがルーズな会社だったもので、ついつい出来心を起こしてしまったわけです。

さっそく私は作業用のライトバンから脚立を引っぱりだしてくると、点検口を開けて天井裏を覗きました。ところがネズミの痕跡、どこにも見あたらないんですよ。普通はフンや体毛、あるいは齧られたあとや独特の獣臭がするんですけど、それらしき証拠がまるでないんですよ。

おかしいな。たしか、あのへんから聞こえたはずだが。

納得のいかない私は、音を耳にした場所──点検口から数メートル先の天井裏を懐中電灯で照らしました。するとね、なにかがキラッ、キラッと光を反射しているんです。はじめは「天井材を吊り下げるボルトが光ってるのかな」と思ったんですけど、それにしては輝きがいささか強すぎる。

このまま眺めていても埒《らち》があかない。焦れた私は光の正体を探ろうと、さらに身体を奥へ押しこめて目を凝らしました──するとね。

敷きつめられた断熱用の発泡スチロール材に、なにかが刺さっているんですよ。

なんだ、あれ。

手を伸ばして断熱材を手許まで引きよせ、刺さっている物体を確認してみると。

十字架でした。

はい、キリスト教の方が持っている十字架です。それが手裏剣みたいに、深々と突き刺さっているんです。ペンダントとして首から下げるような小ぶりのものではなくて、礼拝などで用いるタイプのすこし大きめな、シルバーの十字架でした。

さすがに私も混乱しましてね。十字架をその場に放置したまま、いったん天井裏から降りたんです。いや、これがお札とか藁人形といった「いかにも」なモノならば、まだ腑に落ちたんでしょうけど——十字架では、どう解釈すればいいのか判らなくて。

脚立に腰をおろし、私はしばらくのあいだ呼吸を整えていました。おかげで、すこし心の余裕を取りもどすことができたんですね。

落ちつけ、冷静になれ。異音と十字架に関係があると決まったわけじゃないんだぞ。十字架は誰かがイタズラで刺したのかもしれないし、たまたまネズミが騒いだ場所にあっただけの可能性だって否めないだろう。

「そうだよ。偶然に決まってるよ。そんなバカバカしいこと、あるわけが」

わざと声に出して、おのれに言い聞かせていた——そのときでした。

みしみしみしみしみみみみみみっ、と天井から激しい音が響いて。

それが一分以上も続いて。なんだか「違うよ」と、こちらに伝えているようで。

とても耐えられず、私は部屋を飛びだしたんです。


結局、おかみさんには「配管が原因じゃないかな」と嘘をつきました。

怖かったわけではありません。単に説明が億劫だったんです。だって「十字架がありました、音の正体はこれです」なんて言ったら、頭が変だと思われかねないでしょう。

はい、警告じみた音を聞いてなお、私はまだ信じることができなかったんですね。

たかが音じゃないか。本当に十字架が鳴ったのだとしても、それがなんだ。あの音の主が、自分になにか及ぼすわけではないんだぞ。気にするな。忘れろ、忘れろ。

そのように何度も反芻しながら床に就いた──その翌朝でした。

いつものように食堂のテーブルへ座った私は、ご飯にかけようと思ってお膳の生卵を割ったんですね。

すると。

中身が真っ赤なんです。血の赤なんです。

すこし血が混じってる程度ならまだ判りますが、黄身も白身も赤いんですよ。そんな卵が二日続いて——おそるおそる割った三日目は、中身が空っぽでした。タイミングが良いのか悪いのか、ちょうどその日で工期が終了したために、卵の謎も天井裏の十字架もそれっきりになりました。

思いだすたび、恐怖よりも畏怖の感情が湧きおこる——そんな出来事です。

あの日以降、キリスト教に関する本やネットの記事を読むようになりましてね。聖書は人や土地の名前が多くて大変だし、専門書に至っては難しすぎてギブアップすることもありますけど、それでも暇を見つけては頁をパラパラとめくっています。その手の書籍によると、十字架って〈苦しみと犠牲の象徴〉なんだそうですね。土地柄なんて言ったら仰々しく聞こえるかもしれませんが、「原発事故が遭った土地であの十字架に遭ったのは、なにか意味があるんじゃないか」と思えてならないんです。だから、いまも四苦八苦しながら読み続けているんですよ。

遊女山

【採録：二〇二三年・某寺院にて／話者：八十代男性・北東北在住】

遊女山――このあたりでは〈ゆンじょやま〉と訛るんだ。正式には[redacted]山って立派な名前があるだけンど、集落では誰もそんなふうに呼ばねェわな。

ンだ、遊女が死んだから遊女山よ。

自分を捨てた男を恨んで、その野郎コの屋敷を見下ろす丘の一本松で首吊ったんだ。死んだ祖父っちゃからは、そう聞いたっけな。

枝に真っ赤な帯ァ引っかけての、輪っか結んでの、そこに首ァ嵌めたんだど。どげして《どうやって》登ったもんだか、首括ったなァいちばん高い枝だったもんで、死体を簡単に下ろせなくての。だのに遊女ってば七日経っても腐らねェでよ。いまにも動きそうな顔で、ぐはっと目ェ開けだまま男の家を見下ろしておったんだど。

ま、祖父っちゃの若ェ時分で昔話だもの、オラが聞いたころァもう伝説だ。鵜呑みにする莫迦はいねェわ。ンだ、オラもさっぱり信じてねがったよ。

ンだがら――あの日も平気で遊女山サ行ったんだわ。

ホンナコ（筆者注：山菜の一種とのこと）採ろうと沢沿いに登ってよ。注意しながら進んでおったんだが、やっぱり知らず知らず夢中になっていたんだべな。気づいだれば丘の真下まで来ておってのo ンだ、一本松の丘だ。

「端山（筆者注：低い山の意味）だもの、迷子になるわけねェ」とは思ったけンどよ、それでも場所が場所だもの、落ちつかねェべや。「まあ、ホンナコもあらかた採ったし、潮時だな」と下りる支度しておったら――甘い風が吹いてきてよ。

花でもねェ、菓子でもねェ、妙な香りの風での。

それで、ついつい顔を向けだれば。

丘の上に女ァ立ってんだ。

細い目で顎が尖った、幸《さち》のねェ面《つら》した女だ。

真っ赤な着物で、ゆるんだ帯が地べたに垂れでおっての。風でめくれあがった裾から、生白い乳と腿が見えでおるんだわ。

その肌ァ目に入ったとたん、頭がぼおっと煮立ってしまってよ。

「よし、この女と死ぬまで添いとげるべ」

そう決めたら堪らなくなっての。無我夢中で這いずりながら丘に登ったれば――。

女ァ、何処サもいねェんだ。赤い着物も消えでおるんだ。

ンで、松を見だれば――毟《むし》れたぼろぼろの荒縄が、幹サ引っかかってんだわ。山風に叩かれで、ぶらんぶらん揺れでおるんだわ。

もしかすッと――この荒縄は、首を吊ったときの。

とたん、身体ぜんぶの産毛が猫みてぇに逆立ってよ。

籠ごとホンナコを放って、まっすぐ逃げたわ。山菜まで捨てる必要ねェんだけンど、ぜんぶ手放したほうが助かるように思ったんだべな。

ンで、山ァなんとか下りたれば――そのあとが騒動でよ。

帰るなり、女房から「おい、何処の女の前で鼻の下伸ばしてきた」と叱られての。白粉《おしろい》のにおいがするってェのよ。

「ああ、あの香りァ白粉だったんがよ」

納得したけンど、まさか女房サ言わんねェべ。そのあと二、三日はにおいが家じゅう漂っておって、まンず難儀したもんだ。

あのとき、女ァ一緒に里まで来たんでねェが――そんな気がしてならねェんだ。

はは、ずいぶん前の話よ。昔話よ。

石手

【採録：二〇二三年・某イベントにて／話者：五十代男性・南東北在住】

私、数年前に山で遭難しまして。

いや、遭難といっても救助を要請したとか大げさな話ではないんです。単純にいえば迷子になって。「ピクニックみたいなもんだよ」と油断していたんですね。何度か道を間違えて、気づいたときは進むも戻るも難しくなってしまったんですよ。

こういう場合は沢に下りず、尾根へ向かうのが鉄則らしい——どこかで聞きかじった知識にしたがい、私はひたすら山頂をめざしました。

とうに登山道は見失っていたので、藪を掻きわけながら腹ばいで斜面を登りましてね。最初のうちは「標高の低い山だ、なにも問題ない」と自分に言い聞かせていたんですが、さすがにスマホの電池が切れたときは焦りましたよ。

まさか一夜を明かすことになったりしないよな。

テレビで報道されたりしないよな。ネットで拡散されたら厄介だぞ。

そんな不安に駆られながら、私はひたすら前進しました。何度も木々の瘤や根っこにつまづいては転び、泥まみれの擦り傷だらけになりながら、上へ上へと向かったんです。で、丘を這いずるように登りきったら——目の前に壁がそびえていて。

それ、巨石なんです。

城壁みたいに巨大な石が、鬱蒼と茂る林のなかに鎮座していたんですよ。ぱっと見たかぎり、全長は二階建て住宅くらいあったんじゃないでしょうか。

その大きさもさることながら、私の目は〈あるもの〉に釘付けになっていました。手形です。二階建て住宅で例えるなら、ちょうど一階と二階の境界あたりに手の跡があるんです。掌と五本の指にしか見えない窪みがひとつ、表面についているんです。

あきらかに人間が届く高さではないし、そもそも人の力で硬い石を陥没させるなんて不可能じゃないですか。普通に考えれば〈自然のイタズラが生んだ奇跡〉ということになるんでしょうけれど、観察すればするほど人間の手形にしか見えなくて。

自分が置かれている危機的な状況も忘れ、私はしばらく見事な手形を眺めていました。写真におさめたいと思ったものの、あいにくスマホは電池切れ。なので、そのときは十五分ほど観察してから泣く泣く下山したんです。はい、おかげさまで眼下に登山道を発見し、日暮れ前になんとか駐車場まで戻ることができました。

それからしばらくは大人しく暮らしていたんです。でも、生活が落ちつくにつれて、無性に「あの手形を見たい」と衝動が抑えきれなくなってきましてね。

それで一ヶ月後の週末、私は再びその山に入ったんです。

下山ルートを逆走しながら進むと、一時間ほどで巨石の手前にある丘に着きました。前回はかなり険しい道だったように記憶していたんですが、二度目はなぜか誘導されているようにあっさり辿りついたんですよ。不思議といえば不思議ですけど、そのときは興奮のほうが勝っていましたね。

あとすこしだ。この丘を登れば、またあの石に逢える。

息をきらして斜面を駆けあがり、到着を待ちきれずポケットからスマホを取りだすと、私は巨石にカメラを向け——スマホを握りしめたままでその場から逃走しました。

手形、増えていたんです。

大小さまざま、女性っぽい手から赤ん坊サイズの手まで二十個はあったと思いますが、数える前に逃げだしたもので正確な数は判りません。

ええ、考えるより早く身体が動いていたんですね。正気に戻ったというか、本能的に危険を察知したというか。もしも、あそこで踏みとどまっていたら、あの石に――いや、手形をつけたモノに魅入られて、戻ってこれなかった気がします。

ええ、いまはもう大丈夫ですよ。二度とあの山へ入るつもりはありませんから。

（筆者の「最初に見た手形は、左手だったのか右手だったのか」という問いに）

ううん、左手――だったと思います。

最初に見たひとつきりの手形も二回目に目撃した無数の手の跡も、すべて左手だったはずです。でも、昔の話で記憶もあやふやだから断言できないなあ。やっぱりきちんと確認しておいたほうが良いですかね。もう一度、あそこに行くべきですよね。ね、ね。

はい、当時の出来事を話すうち、「あの手形を見たい」って気持ちがなんだか強烈に湧きあがってきて――よし、決めました。私、近いうちにあの山へ行ってみます。

またこの手のイベントがあったら参加しますんで、そのときに続報をお伝えしますよ。

いや、大丈夫です。大丈夫ですって。

おあずかり

【採録：二〇二三年・某映画祭会場にて／話者：六十代男性・関東地方在住】

怖い話？　映画を観にきた客つかまえて、そんなこと聞いてんの？　お兄さんも変わった人だねえ。ま、あるけどさ。おっかない体験。

一昨年、[redacted]市にある実家で遺品を整理してきたのよ。

親父もお袋も死んじゃったからさ、自分が元気なうちになんとかしようと思ったわけ。電車とバスを乗り継いで、片道三時間半かけてド田舎まで行ったんだけど――ほんとに古い家の片づけって大変なんだよ、お兄さん。どんだけ捨てても減らないんだもの。

そんで、親父の百科事典やらおふくろの京友禅やらを一日がかりでようやく処分して「もう体力の限界だわ」と思ってたら、親父の書斎で巨大な金庫を発見しちゃってさ。

そりゃビックリしたよ。子供のときは「お父さんの部屋には絶対に入らないこと」って厳格な決まりがあったんで、金庫の存在なんかちっとも知らなかったんだよね。

そんなもの見ちゃったら――人間だもの、やっぱり「大金が入ってるかも」って期待するでしょ。テレビでもあるじゃない、古い金庫を鍵屋さんに開けてもらうやつ。

おかげで延長戦だよ。分厚い扉に耳をあてながら、ダイヤルをカチカチまわしてさ。でも全然ダメ。あれ、素人がやっても無理だね。仕方なく、ちょっとだけ緩んでた扉の隙間にバールをねじこんで、無理やりこじ開けたの。

残念ながらお金は一円も入ってなかった。あったのは、木彫りの仏像が一体だけ。たぶん仏様――それとも観音様なのかな。俺、映画はともかく美術はぜんぜん詳しくないからさ。とにかく、生木でこしらえた立像には間違いないんだけど。

その仏像、ちょっと不気味で。

目がないのよ。

いったん彫った両目を、がりがり削って潰してるんだよ。目のラインだけ横一文字に陥没してんの。紙ヤスリで思いきり擦ったら、あんなふうになるんじゃないのかね。でも、なんとなく怖いじゃん。親父が後生大事に保管してた理由も不明だし、不吉な感じがするじゃん。

それで俺、お寺に持っていったのよ。わりと縁起を担ぐタチなんだよね。

ただ、おふくろが死んだときに墓を牛久市の霊園に移しちゃったもんで、菩提寺には顔を出しづらくてね。実家の近所にある知らない寺に飛びこみで行ったわけ。

賽銭箱の前で「すいません」って何度も叫んだら、住職らしき袈裟を着たじいさんが出てきてさ。すごいんだよ、長い顎髭なんか生やしちゃって仙人みたいな風貌なの。

袈裟もやけに豪華だし、もしかして名のあるお坊さんなのかな――なんて、ちょっとたじろぎながらも、俺は仏像のことを説明したんだよね。

すると、住職ってば話が終わらないうちに、

「おあずかりしましょう」

それだけ言って仏像を受けとるなり、奥にスタスタ消えちゃったのよ。

ぽかんと見送ってたんだけど「あ、お金のこと聞いてねえや」と気づいて。あとから法外な祈祷料を請求されても困るじゃない。だから俺、住職を追いかけて廊下づたいに寺務所まで行ったんだわ。

そしたら、若いお坊さんが座っててね。

若いといっても、さっきの仙人よりは年下ってだけで充分にオッさんなんだけどさ。そいつ、「どなたですか。なんの御用ですか」とか偉そうな態度で言うわけよ。

俺、アタマにきちゃってね。「あんたじゃなくて住職に会いたいんだけど」って強めに抗議したの。そしたら「わたしが住職です」と鼻で笑いやがんのよ。

「いやいや、顎髭のジイちゃんだよ！　さっき、その人に仏像をあずけたでしょ！」

そう怒鳴ったとたん、住職の表情が変わって。

顔どころか、禿頭のてっぺんまで血の気が引いてんのよ。そんな態度を見ちゃったら、こっちもなんとなく想像がつくじゃない。

「それは亡くなった父、先代の住職です……」みたいな展開が待ってると思うでしょ。

違ったんだよ、お兄さん。大間違いだったの。

住職、しばらく口ごもってたんだけど――。

「あなたが会ったご老人にそっくりな容姿の方、境内で亡くなったんです」

とんでもないことを言いだしてさ。

「白い髭をたくわえている男性でした。身なりや肌の汚れぐあい、体臭から察するに、いわゆる〈ご自宅のない方〉だと思うんですが」

「はあ……その人、なんで死んじゃったの」

「真夜中に境内へ侵入し、松の枝へ縄をかけて、首を……。翌朝、勤行のために本堂へ行こうとしていた私が、ぶら下がっているところを発見してしまって」

俺さ、映画のなかでもホラーはちょっと苦手なのよ。だから、それ以上聞くのが厭になっちゃって。「どうも失礼しました」って帰ろうとしたんだけど、住職が引き留めるの。「仏像とやらを持っていってくれ」って服を離さないのよ。

さんざん押し問答したすえに「ひとまず、仏像があるかどうかを確認しよう」って、ふたりで爺さんが消えた本堂の奥まで行ってみたわけ。

仏像、あったんだよ。

おまけにさ、あずけたときと微妙に形が変わってんの。目だけじゃなくて、胴体とか首とかあちこちが抉れてんのよ。彫った――って感じではなかったな。犬がオモチャにして齧ったみたいに、乱暴な削れ方なのよ。

親父の金庫から出てきただけでも気持ち悪いのに、自殺した爺さんに加えて、最後は仏像がそんな状態になっちゃったでしょ。もう俺の手には負えないと思って。

うん、だから強引に押しつけてきたの。渋る住職に財布の一万円札を残らずわたして「なんとかお願いしますよ」と拝みたおして、逃げるように帰ってきちゃった。

だから仏像――いまもあの寺にあるはずだよ。ま、俺は遺品整理も終えちゃったし、実家の土地も売却したから、もう■■市に行くことはないと思うけどさ。

お兄さん、もし機会があったら◆◆寺を訪ねてみれば？

あ、ただし俺の名前や住所は絶対お寺に伝えないでね。まんがいち返却なんかされて手元にあの仏像が戻ってきたら——次はもう、逃げられない予感がするんだよね。

粗影

【採録：二〇二三年・某図書館にて／話者：三十代女性・居住地は明かさず】

こちらの会に昨年も参加させていただいたんですけど、男性の方が巨大な遺影を見た話をされていらっしゃいましたよね（筆者注：前掲「巨影」のこと）。

「怖い話だな」と思っていたら、今年の春に似たような体験がありまして。

わたし、フリーランスの司会者で葬祭ホールと契約しているんですね。

ご葬儀の日程が決まると、ホール側からわたしに連絡があって、予定が空いていれば司会を請けおいます。結婚式と違って急に決まるもので、故人の方や喪主さんの情報をほとんど知らないまま臨むことも珍しくありません。

その日のご葬儀も、前夜に急なオファーをいただきまして。そのためスケジュールの調整に手間どり、葬祭ホールに着いたのが開式ぎりぎりだったんですよ。

とはいえ直前に現場入りしても、結婚式などに比べればご葬儀は難しくないんですね。

基本的には「導師さま入場、合掌にてお迎えください」ですとか「これより、ご焼香になります」などの科白をタイミングに合わせアナウンスするだけなので、慣れていれば問題ありません。せいぜい、弔電で難読の名前を間違わないよう気をつける程度で。

わたしは気配を消しながら葬儀会場へ入ると、司会台にさりげなくスタンバイして、ホールが用意してくれた〈開式前のことば〉を読みはじめました。

「うららかな春の本日、[redacted]さまのお人柄を偲び、お別れを惜しむ多くの方々がご参列くださいました。ご家族に愛され、ご友人に慕われた生涯は……」

と、そんな内容を話しつつ、なにげなく前方の祭壇へ目を遣ったんです。

びっくりしました。顔も判別できないほど遺影が粗いんですよ。

古いガラケーで撮った集合写真から、故人の顔だけをトリミングして無理やりズームしたような状態なんです。まるで、ドットの寄せあつめみたいにしか見えないんです。

思わず言葉に詰まりそうになったものの、かろうじて踏みとどまりました。

さまざまな事情で生前のお写真が残っていない方もいらっしゃるのだから、驚いたりしては失礼だ——そのように自分を納得させたんですね。

やがて読経の段になり、ご導師さまがお経を唱えはじめました。

そのあいだ、こちらはじっと待っているほかありません。俯いたままご焼香のアナウンスまでなるべく動かないのが司会者の鉄則ですから。

それでも、やはり先ほどのショックが残っていたんですね。無意識のうちに、遺影をちらちら見ていたんですけど——粗くないんです。

さっきよりも遺影がはっきりしているんです。性別さえも覚束《おぼつか》なかった目鼻のすじが通って、唇や耳の形もしっかりと判るんです。しかも時間が経つにしたがい、動画でも鑑賞しているかのように、ディテールがどんどん明瞭になっていくんですよ。

読経が終了するころには、皺や髪の一本一本まで見えていました。たいへん柔和な面立ちの、まだ若い女性のお写真でした。

つつがなく式が閉じたあとも、わたしはホールの廊下に佇んでいました。

遺影が粗いだけならまだしも葬儀中に変貌したなんて、常識で考えればありえない。これは、疲れでなにかを見間違えたんだろう——そう自分に言い聞かせていたんです。

とはいえ、今後も同様の事態が続くようであれば問題だ。眼科で検査してもらうべきだろうか。それとも心療内科のほうが佳《よ》いのだろうか。

悩んでいたその矢先、顔馴染みの女性職員さんがわたしのもとへ近づいてきました。すこしお喋りというか口さがないというか、正直いうと苦手なタイプだったんですが、いまさら逃げるわけにもいかず「お疲れさまでした」と笑顔で会釈したんですね。

すると彼女、周囲を見わたしてから「ねえ、気づいた？」と小声で囁いたんです。あ、この人も見えていたのか。わたしは驚きながら「遺影ですよね」と答えました。ところが職員さん、訝《いぶか》しげな表情で「いや、棺桶でしょうが」と言うんですね。

「棺桶の小窓、ずっと閉じてたじゃない。今日の仏さん、飛び降りらしいよ。いちおうエンゼルケアは施したらしいけど、それでも顔を見せるのは無理だったみたい」

その言葉を聞くなり、靄々《もやもや》としていた心が一瞬で晴れました。

そうか――彼女は生前の顔に戻ったんだ。お経のおかげなのか偲ぶ心の影響なのかは判らないけど、旅立つ前に存りし日の姿を取り戻すことができたんだ。

「今日は、良いご葬儀でしたね」

わたしは心からの感想を述べて職員さんに微笑みました。もっとも彼女は同意せず、ギョッとした表情をしていましたけどね。

わたし、それまでは「お葬式なんて形式上のものにすぎない」と思っていたんです。
でも、案外そうじゃないのかもしれないな。意味はあるのかもしれないな。
そう考えを改めた、すこし不思議な体験でした。

ドアの花

【採録：二〇二三年・某怪談会にて／話者：二十代男性・仙台市在住】

意味不明な話でも大丈夫スか。あ、マジっスか。

いま自分、[redacted]区のアパートに住んでまして。借りた部屋、長い廊下のつきあたりにあるんで、ほかの部屋の前を横切る形になっちゃうんス。

でも、隣がヤバくて。

や、住人は見たことないんスけど、いつもドアにビニール袋が結ばれてるんスよね。コンビニで三円とか五円とか払って買う、あの白い袋がぶら下がってんスよ。

「デリバリーのメシかな」と思ったんスけど、あれって基本は床に置くじゃないスか。しかもその袋、日によって結び目が違うんス。ギッチギチに結ばれてるときもあれば、ノブに軽く引っかかってるだけのときもあって。ちょいちょい交換されてるんス。

そんなの、中身が気になるじゃないスか。

だから自分、ある日の仕事帰りにチェックしてみたんスよ。

住人に遭遇した場合も考えて、「いや、うっかり見ちゃっただけです」って言いわけできるように、廊下のドア側すれすれを歩いて。

んで、首を伸ばして袋のなかを覗いたら――白い花びらが詰まってて。

種類はちょっと判んないスけど、花屋さんで売ってるバラやカーネーションの類じゃないっスね。土手で摘んできました的な、野生っぽい花で。

なかには「そういう花が好き」って人もいるとは思うんスけど、それでもプレゼントするなら花が傷まないように、茎からそっと折るじゃないスか。

ちぎれてんスよ、その花。ぜんぶ。

ぶちぶちと乱暴にむしった花びらが、袋いっぱいに入ってるんス。

「あ、なんかヤバい」と思って、すぐ自分の部屋に逃げこんで。

んで、先に帰ってたカノジョに――あ、合鍵わたしてんス。あいつのほうが仕事早く終わるんで、晩メシとか用意してくれるんスよ。

だから自分、ちょうど台所でキーマカレー作ってたカノジョに、

「おい、すげえもん見たぞ」

興奮しながらそう言ったんスけど、やけにリアクション悪くて。

つうか、無言でオレの首に鼻を近づけて「ねえ、香水のにおいがするんだけど」とか言ってきて。あきらかに浮気を疑ってるっぽい反応なんス。

そんなにおい、自分はぜんぜん感じないんスよ。服も肌も無臭なんスよ。

「いやいや、工場終わって直帰だし。浮気とかマジでないから」

そう必死で弁解したんスけど「でも、甘いにおいするよ」って、あいつも譲らなくて。

そんな感じで台所でさんざん揉めてるうち、「待てよ」と気がついて。

「それさ、花の香りだったりとかしねえ？」

自分、「なにそれ」みたいな顔してるカノジョにさっきの出来事を説明したんス。したっけ「ちょっと、そういう話マジで苦手なんだけど」って青くなっちゃって。

でも——自分が袋を覗いたの、時間にして一、二秒くらいなんスよ。そんな短時間で香りが服にうつるなんて無理っスよね。

んで、あんまり気になって、ふたりで隣の様子をたしかめに廊下まで出たんス。念のために工場の先輩がくれたスタンガン持って。カノジョにはビニール傘を握らせて。

したっけ、袋がないんスよ。

正直、ちょっぴりホッとしながら「住んでるヤツが回収したんじゃね？」って小声で言ったら——カノジョ、無言で隣のドアポストを指さして。

投函口、ガムテープが貼られてんスよ。

「……これさ、空室ってことだよね」

見なかったことにして部屋まで帰って。ふたりとも黙ったままキーマ食って。

あいつ、それから二週間くらい部屋に寄りつきませんでしたね。

で、先週なんスけど。はい、終わりじゃないんスよ、これが。
あの白い袋、また隣のドアノブに下がってて。
や、もう無理っス。とても見る気になれなくて素通りしました。
んで、その日はカノジョがガパオライスを作っててくれたんスけど——俺を見るなり、
顔をしかめて。腕で口を押さえて。
「なにこれ、肉の腐ったにおいがするんだけど」
涙目で言うんスけど、やっぱり自分はなんのにおいもしなくて。
結局、あいつ「ごめん、ちょっと無理」ってガパオ作りかけのままで帰りました。
だからいま、引っ越そうかどうか真剣に悩んでるんスよね。

スタンガンの先輩が金貸してくれるって言うんで、ひとまず物件探してるんスよ。
で——今日は、ちょっと訊きたいことがあって来たんスけど。
自分、大丈夫っスよね。こういうのって引っ越せば解決しますよね。
憑いてきたりとか、しないっスよね。

塾の奥

【採録：二〇二二年・某講演会にて／話者：四十代男性・現在は神奈川県在住】

中学時代、隣町の駅前にある学習塾へ通っていたときの話です。

塾はビルの一階にあり、いちばん広い大教室は路地に面した側がガラス張りになっていました。たぶん、受講生の多さを見せる広告的な意味合いがあったんだと思います。

ただ、僕はその大教室に入れないタイプ――つまり、親から「塾に行け」と促されてしぶしぶ通っている、勉学にまるきり意欲の持てない生徒でした。

ええ、ほかにも僕とおなじような生徒は何人かいましたよ。サボりたくても、塾から親許に連絡がいってしまうので迂闊には休めない。だから、いちおう塾に通いはするが積極的に勉強はしないという、いわば塾内サボタージュを敢行する連中ですね。

塾としては、そんな姿を通行人に見られては逆効果になりかねない。そのため一階の奥に〈特別学習室〉という不真面目な生徒用の部屋を用意していたんです。

当然ながら、大教室とは雲泥の差でしたよ。脚のがたつく机と椅子。黄ばんだ壁紙に薄暗い蛍光灯。授業も、あまり覇気のない中年の講師が担当していました。でも、僕らにとっては古かろうが新しかろうが講師がポンコツであろうが、どうでも良かったんです。むしろ監視の目がないのを良いことに、のびのび過ごしていました。仲の良い生徒と教室を何度も脱けだし、トイレや廊下でお喋りに興じていた時間も、いまとなっては楽しい思い出です──たった一件を除いて、ですが。


中間テストを間近に控えた、週末のことでした。

いつもどおり廊下の隅で雑談していると、友人が「なあ、こんなところで時間を潰すくらいなら、開かずの間に行ってみないか」と言うんですね。

塾が入っているビルの二階には、生徒のあいだで〈開かずの間〉とひそかに呼ばれている、立ち入り禁止の部屋がありました。まあ、フロアが違いますから立ち入り禁止であっても別におかしくはないんですが──その部屋、やけに騒々しいんです。

ほら、幼児って耳を塞ぎたくなる高音で叫ぶじゃないですか。あんな感じの奇声が、その部屋からときおり聞こえてくるんです。僕らのいる特別学習室まで届くんです。

講師は「二階はウチが物置代わりに借りてるんだよ」と、やる気のない口調で教えてくれましたが、それが本当ならば奇声が聞こえるのはなおのこと妙ですよね。するとあるとき悪友のひとりが「もしかして虐待じゃねえか」と言いだしまして。あの部屋では成績の落ちた生徒がリンチを受けているのだ。その絶叫が漏れ聞こえているに違いない――彼はそう主張するんですね。

いかにも子供の考えつきそうな妄想ですが、僕たちはことさら真剣に受けとめました。参加したくもない受験競争に巻きこまれ、辟易していた僕ら落第組にとって「実は塾がとんでもない悪者だった」という仮説を証明することは、自分らの後ろめたさを正当化できる絶好の機会だったんですよ。

「塾の悪事を告発しなければ」「俺たちが正しかったと世間に知らせなくては」

そんな大間違いの義憤にかられた僕と友人のふたりは、いよいよその日、作戦を決行することにしたわけです。

トイレへ行くふりをして特別学習室を出ると、足音を立てぬよう慎重に階段をのぼり、無人の廊下を小走りで〈開かずの間〉まで向かいました。

意外にもドアに鍵はかかっておらず、あっさりと開いて。

「覚悟はいいか」「もちろん」

意を決して室内を覗いたところ、開かずの間は大教室の倍ほども広さがありました。ワンフロアの内壁をまるごとぶち抜いて、巨大な空間を造ったんだと思います。

窓はなく、天井の電灯もはずされているため、光源は廊下の蛍光灯しかありません。薄暗い部屋には、雑に折り畳んだ段ボールやパンフレットの詰めこまれたゴミ袋などが、打ちっぱなしの床へ投げだされていました。

なるほど、一見したかぎりは講師の証言どおり物置として使用されているようにしか思えません。でも、単なる資材置き場にしては悪臭がひどいんです。

獣臭いというんでしょうか、動物園のようなにおいが充満しているんですよ。

僕は当初「ペットでも飼っているのかな」と思いました。ときおりニュースで〈犬が常駐しているオフィス〉や〈看板猫のいる駅舎〉なんかが話題になるじゃないですか。あんな感じで、なにかの動物を飼育しているんだろうと考えたんですね。

「犬かな、猫かな」

鼻をつまみながら問う僕に、友人が「でも、いないぜ」と答えました。

そうなんです。肝心の動物の姿がどこにも見えないんですよ。

「もっと奥じゃないか」
ようやく目が暗闇に慣れてきたこともあり、僕たちは光の届かない位置、入り口から
もっとも遠い壁際まで行ってみることにしました。
ひと足ごとに臭気が強くなるなか、そろりそろりと歩みを進めます。
と――ふたりの靴が、ある地点で止まりました。
打ちっぱなしの床へ、一枚の古びた畳が無造作に置かれていたんです。
毛羽だった畳の上には、折れた脚をガムテープでぐるぐる巻きに補強したちゃぶ台が
あって、そのまんなかにお椀がひとつ置かれていました。味噌汁などを入れる木の椀で、
なかから白い湯気がたちのぼっているのが見えました。
ええ、湯気です。熱い液体を注《そそ》いだばかりとしか思えないんです。本来ならその点を
まっさきに疑うべきなんでしょうが――そのときは、悪臭でそれどころじゃなくて。
その汁、異様に腥《なまぐさ》いんです。どう考えても、そいつが動物臭の発生源なんですよ。
あまりの臭さにとても近づけず、僕らは数メートルほど距離を保ったまま、脚が補修
されたちゃぶ台を遠巻きに眺めていました。
「……なんだか〈おままごと〉みたいだな」

手で口を押さえながら友人がもごもごと呟きました。

すると。

その言葉が終わるか終わらないかのうちに。

「まんまま、ぬままどといたいだな」

舌足らずな声が、ちゃぶ台のさらに向こう——真っ暗な空間から聞こえたんです。

「まんまま、ぬままどいたいだな、いたいだ、いたいいたいいたいいいっ」

思わず抱きあう僕たちの前で、声は何度も耳にしている奇声へと変わっていきました。

あ、これは友人の言葉を真似しているんだ。

これまでも生徒の会話を盗み聞きしては、真似て叫んでいたんだ。

気づいたときには、すでに足が動いていました。とにかくこの部屋を離れなきゃと、ふたりとも無意識のうちに駆けだしていたんですね。

ところがドアが視界に入った直後、前を走る友人がいきなり足を止めたんです。

「あぶねっ」

背中への激突を避けようと、彼を追いこすような形で前に飛びだして——その瞬間、僕は友人が立ち止まった理由を悟りました。

入ってきたドアの、両脇に位置する壁。

そこに、子供の落書きみたいな筆致で、天井まで届く高さの絵が描かれているんです。

ええ、入るときは背にしていたもので、まったく気がつかなかったんですね。

どうやらその絵は三人の男女、家族を描写したものと思われました。

右端に立つエプロンを着けた女性は、お母さんでしょうか。

彼女は右手を高々とあげ、残る左手で仔犬らしき小動物の顔を鷲掴みにしていました。

仔犬は手足が地面から離れ、だらりと力なく弛緩しています。

中央に立っている男性はお父さんなのでしょう。

彼の右腕は手首から先がありませんでした。お父さんの足許には洋式便器が描かれており、彼は切り落とした自分の手をトイレに流そうとしているのです。

いちばん左には、四、五歳と思われる背丈の女の子がスケッチされていました。

その顔には目も鼻も口もありません。ただ――耳のある位置に、異様なほどリアルな眼球が描かれています。

「おかしいよ。なんだよ、この絵」

友人が震える声で言いました。でも、おかしいというなら全部がおかしいんです。

直前に注いだとしか考えられない、異様なにおいの液体。

なにもないはずの場所から聞こえた、異様な口ぶりの声。

侵入者を見張るような位置に描かれた、異様な姿の絵画。

なにもかもがおかしいんですよ。

とはいえ個々について考察する余裕はありませんでした。もう精神が限界でした。

僕たちは見つかるのもお構いなしで、派手な足音を立てながら階段を駆けおりると、特別学習室に飛びこんだんです。

教室では、講師が数人の生徒に中間テスト対策を教えている真っ最中でした。

僕らの蛮行に慣れている生徒たちは、一瞬こちらを見ただけで「またこいつらか」と、すぐに前へ向きなおりました。いっぽう講師は板書した内容を気だるげに説明しつつも、僕と友人から目を逸らそうとしないんです。

まなざしに気圧《けお》されながら、僕たちは着座しようと椅子まで移動しました。

と——講師が解説を途中でぴたりと止めて、こちらへ視線を向けると、

「お前ら、しばらく家族旅行とか行くなよ。羨ましがるからな」

それだけ早口で呟くと、すぐに背を向けて再び板書をはじめました。

なぜ旅行に行ってはいけないのか。誰が羨ましがるというのか。

そんなことを訊けるはずもなくて。答えなど聞きたくもなくて。

その日は、顔を伏せて机をじっと見つめたままで授業を終えました。

それが引き金になり、僕は翌々日の中間テストをサボりまして。それを知った父親に「やる気がないなら月謝が無駄だ！」と激怒され、塾を辞める羽目になったんです。

両親の前では反省した表情を浮かべていましたが、内心でひどく安堵していたことを、いまも憶えています。


先日、四半世紀ぶりにあの町へ足を向けてみたんですよ。

さすがに例のビルは解体され、跡形もなくなっていました。ただ──学習塾は需要が高かったのか、道路をはさんで向かい側にある真新しいビルへ移転していましたね。

僕、なつかしい塾のロゴマークを目にした瞬間に悪寒が走っちゃって。

いや、あのときの出来事を思いだしたからではないです。これは、根拠を問われても「なんとなくの勘だ」としか言えないんですけど──。

あの〈開かずの間〉も、新しいビルの二階に引っ越した気がするんですよね。

月と人魂

【採録：二〇二四年・某イベントにて／話者：五十代女性・山形県在住】

娘のわたしにとって、父はすこし面倒くさい人物でした。

中学卒業後、家庭の経済的事情で実家を出て働きはじめた人なんですが、本人は高校進学を望んでいたようで。そんな挫折が影響したのでしょう、父は独学で蓄えた知識を幼いわたしに披露することを目下の愉しみにしていたんです。

「この話は、大卒の連中でも知らないんだぞ」

そんな口癖に続いて語るのは、きまって新聞やテレビで聞きかじったような蘊蓄《うんちく》か、あるいは無根拠な自説ばかり。つまるところ、父の「大卒の連中でも知らない」という言葉にはなんら裏付けがなく、むしろ彼が「大学を卒業した人のインテリジェンス」を知らないことの証明だったわけです。

それでもわたしは毎回、父の話を熱心に拝聴していました。自分が素直に耳を傾けているかぎり、父は機嫌が良かったからです。子供心に「父が自説を説けるのは、たぶん娘のわたしくらいなんだろう」と悟っていたのかもしれません。

とりわけ父は、迷信や伝説の類を喝破するのが好きでした。幽霊やまじないについて話すときの父は、いつも以上に雄弁で、その声には熱がこもっていた記憶があります。田舎で育った彼にとって、その手の話を一蹴する行為というのは自分が都会人になったあかしだったのではないかと思います。

なかでも忘れがたいのは——やはり人魂でしょうか。

当時の我が家は川沿いにあり、岸辺は秋の終わりになるとススキが一面に茂るんです。そんなススキが群生する川べりに、ときおり青白い光が灯ることがありました。近所の人たちは、その光を「死んだ者の魂だ、人魂だ」と囁きあっていたんですよ。

わたし自身も七、八歳のころに一度だけ目撃したことがあります。

豆腐屋へおつかいに行った帰り道、蛍光灯を水で薄めたような弱々しい光が膝ほどの高さを、ぱちり、ぱちり、と瞬きながら横に移動していったんです。わたしは真っ青になって家まで駆けもどり、帰宅したばかりの父にいましがた見たものを報告しました。

すると父は、

「人魂なんて馬鹿げたものを信じてはいけないよ」

そう言うや「これは大卒の連中でも知らないんだがね」と得意げに笑ったのです。

「あれは、死体から出る燐《りん》という成分が光っているんだ。狐や山犬が動物の骨を咥えたまま走っているから光も動いてみえる。それだけだ」

でも光しか見えなかったよ。薄明るい時分なのに狐や山犬の姿なんてなかったよ――なんて口答えはしませんでした。父が答えられない質問などした日には、絶対に機嫌を損ねるだろうと判っていましたから。

ともあれ、人魂の一件はそれでおしまいになりました。それ以降も父がお化けめいた話をすることは一切なかったんです。

だから、あの夜は本当に驚いてしまって。

冬も終わりの、真夜中でした。

父が寝室の襖を開けて「ちょっとおいで」と、眠っているわたしを起こしたんです。

いったいなにごとか。訝しみつつ起床した娘の手を取ると父はそのまま玄関を出て、川と反対方向の路地まで引っぱっていきました。

「ほら、あれだよ」

寝巻き姿で凍えているわたしなどお構いなしで、父は夜空を指しました。冬の寒さに震えつつ、示した先に目をやると——青白いまん丸の光が浮かんでいるんです。

はじめ、私はそれを月だと思いました。当然ですよね。形こそわずかに歪んで見えましたけど、夜空に浮かぶ発光体といえばお月さましか考えられませんから。

そんなわたしの内心を悟ったんでしょう。父はしばらくこちらを見つめてから、

「あれは月じゃない」

人魂だよ。

静かに呟いたあとも、わたしは黙っていました。いつもの父ならば「大卒は」云々の口癖に続いて人魂を否定するはずだ。そう思い、次の言葉を待っていたわけです。けれど、いつまで経っても父は無言で空を眺めていました。

え、なんなの。どういう話なの。

心のうちでひそかに戸惑うなか、父が顔を正面に向けたまま言いました。

「北の空だぞ」

そこで、ようやく気がついたんです。

白い光が浮いているの、東の空じゃないんですよ。いつも月がのぼっている方角とは

まったく違う位置なんですよ。

「じゃあ、あれはなに」

わたしの問いに父は答えず、しばらく顎をさすっていましたが——ふいに、

「父さんの田舎では〝人魂を見ると残りの寿命が短い〟という言い伝えがあるんだよ」

それだけ口にすると、父は再び私の手を引いて家まで戻りました。

布団に戻っても、なかなか寝つけなかったことをはっきり憶えています。父の発言はわたしの未来を暗示したものではないのか。自分はまもなく寿命が尽きるのではないか。そんな恐怖に、子供のわたしは慄《おのの》いていたんですね。でも、それは誤りでした。

数日後、父が亡くなったんです。

夕食の席で急に胸を掻きむしりはじめたかと思うとちゃぶ台を引っくりかえしながら味噌汁まみれで畳へ倒れこんで——母がお医者さまを連れてきたときには、もうすでに息が止まっていました。脳出血だったそうです。

もとより頑健な人ではなかったので、偶然と言われれば返す言葉もないんですが——それでも、なぜ迷信嫌いの父があんな話をしたのか、それだけは不思議なままです。

そんな謎が残された所為か、月を見るたびにあの夜の出来事を思いだします。形の崩れた青白い光と、父の寂しげな横顔が瞼《まぶた》の裏に浮かぶんです。わたしもいつか死ぬときは、あの人魂を見るのだろうか——そんなことを、ふと考えてしまいます。

母と子たち

【採録：二〇二四年・某図書館にて／話者：小学生男児ならびに三十代女性】

あの、あの。お母さんから聞いたんですけど。

ぼくが生まれたころの——ねえ、何歳だっけ。何歳だっけ。どうすればいいの。

（男の子、隣に座る母へ小声で訊ねる。母親、マイクを引きとって話しだす）


すいません。自分で話したかったみたいなんですが、いざマイクを握ったらちょっと恥ずかしくなっちゃったみたいで。私が代わりに説明してもよろしいでしょうか。

この子が一歳になったばかりのころの出来事です。

ある夜中、この子がリビングの天井あたりをじっと見つめながら、すごい嬉しそうに声をあげて笑うんですよ。はしゃぐ子ではなかったので、なんか驚いてしまって。

それだけだったら「今日は機嫌がいいのかな」としか思わなかったんでしょうけど、我が家で飼っていた猫が、息子の視線の先とおなじ場所を睨んでいるんですね。

ところが、こっちは背中の毛をびしびしと逆立てているんですよ。おとなしい猫で、我が家にもらわれてきて以来いっぺんも怒ったことがない子なんです。片方は天井を見てケラケラ笑い、片方は警戒している。そこでようやく「あ、〈なにか〉が居るんだ」と察して。

ちょうどそのとき、わたしは福岡に住む妹とＬＩＮＥでやり取りをしていたんです。そこで彼女に「ちょっと、変なことが起きてんだけど」と目の前の出来事を知らせたら、すぐに妹から電話がかかってきて。

「ビデオ通話に切り替えて、問題の場所をインカメラで映してみてよ」

そう言うんです。あの人、その手の話が好きなんですよ。

さっそくビデオ通話にしたんですが——そのとたん、キイイイインってハウリングが起きて、まともに通話ができない状態になってしまって。

思えばあのころ、無人なのにインターホンが鳴ったこともあったんです。モニターを確認したけど誰もいなくて。怖くて警察を呼んで。おまわりさんに「巡回中です」ってカードを入れてもらうようにしたんですが——そのときも息子、笑ってたんですよね。だから、その時期から我が家には〈なにか〉が居たのかもしれません。

もちろん息子に当時の記憶はないんですが、不思議だけど良い思い出として、たまに聞かせているんです。だから今日、話したくなったんでしょう。

ええ、個人的には「悪いものじゃないだろうな」と思っています。

（息子「ねえ、ねえ言っていい？」と母に再三確認してから、マイクを再び握る）

あの、お母さんがいいよと言ったので、すこし説明をつけ足します。

ぼくがお腹のなかにいたころは、三つ子だったそうです。でも、お兄ちゃんふたりは出産の前に死んじゃって、ぼくだけが生まれたんです。

だから、あの、お母さんが「悪いものじゃない」って言うのは、お兄ちゃんふたりのどっちかが来てる——って考えたんだと思います。

ぼくもそのころのことは憶えてないんですけど、そんな気がします。

そうだったら、けっこう嬉しいなと思っています。

（息子「でしょ？　でしょ？」と母親に小声で問う。母、答えずに息子の髪を撫でる）

あの日の喧嘩

【採録：二〇二三年・某怪談会にて／話者：三十代男性・仙台市在住】

中学一年のとき、四つ下の弟と喧嘩になったんですよ。

原因は忘れましたが、些細なことだったと思います。いちいち憶えていられないほど、当時は弟と頻繁に喧嘩していたので。

とはいえ子供の四歳差って腕力がぜんぜん違うじゃないですか。だからいつもは僕が一発張りとばして、弟が泣いて、その声を聞きつけた母が子供部屋にやってきて、兄の僕が叱られて――そこで兄弟喧嘩は終わるんです。

でも、その日だけはいつもと様子が違って。

何度叩かれても蹴飛ばされても、弟があきらめずに組みついてくるんですよ。鼻血を垂らしながら、顔じゅう涙でびしょびしょに濡らしたままで飛びかかってくるんです。こっちもシャツは伸びるわ髪を引っぱられるわで、けっこう散々な目に遭いました。

それなのに、どうしたわけか「こいつと喧嘩ができて良かったな」って気持ちが胸の奥にあって。僕も「なにがそんな嬉しいんだろう」と自分自身に驚いちゃって。

でも、兄弟喧嘩はそれ以上続きませんでした。子供部屋めざして階段をのぼってくる母の足音が聞こえたからです。

「うるさいでしょ！　なにドタンバタン騒いでんの！」

ドアを開けるなり母が怒鳴り声を張りあげました。それでも僕は負けずに、

「でも、こいつが悪いんだよ。だってさ……」

喧嘩の理由を訴え、自身の正当性を主張したんです。

すると——それを聞いていた母が真顔になりましてね。心なしか顔色も白くなって。

「なに言ってんの、あんた」

いましがたの怒声が嘘のように細い声で言うと、

「あの子死んだじゃない」

そのひとことを聞いた瞬間、ぶわあっと脳のなかに情報が流れてきて。

弟の安らかな顔とか、葬儀の重苦しい空気とか、ちいさい骨壷とか、いろんな光景が一気によみがえってきたんです。

そうだった。弟は乳児のときに死んだんだ。

だから、喧嘩なんてできるはずがないんだ。

もしかしてあいつ、一度くらい思いきり兄弟喧嘩をしてみたかったのかな。死んでもそれが心残りだったのかな。だから自分も、嬉しい気持ちになったのかな。

押しよせてくる感情に思わず膝から崩れおち、僕は声をあげて泣き続けました。

四つん這いのまま、カーペットに落ちる涙を見つめながら五分ほど嗚咽を漏らして。

ようやくすこし落ちつきを取りもどしたところで、ゆっくりと顔をあげたら――。

母親、いないんですよ。

その瞬間に思いだしました。

弟、生きてるんです。死んでなんかいないんです。

さっき頭に流れこんできた思い出、ぜんぶ嘘なんです。

わけが判らずに呆然としているうち、まもなく玄関のドアが開く音が聞こえて、母に連れられながら弟が帰ってきました。

「ねえ、さっき子供部屋にきた?」

おそるおそる訊ねてみましたが、母も弟も首を傾げるばかりで。

「学童までこの子を迎えに行って、そのあとスーパーで買い物をしてたけど」

たった一度だけ、そんなことがありました。
忘れたいのに忘れられない、そんな記憶です。

助言

【採録：二〇二四年・某怪談イベントにて／話者：三十代男性・関東圏在住】

お化けに遭っても心配するな――伯母に、そんな助言をされたことがあります。
怪談かどうか微妙なんですけど、ちょっとお話させてもらえますかね。

伯母は早くに夫を亡くし、貿易会社で働きながら三人の子を育てあげたという利発な人なんですが、うちの父いわく「幼少時は〈視える〉と町内で有名だった」らしくて。なんでも、過去に死亡事故が遭った場所で突然泣きだしたり、他人の死期を日時まで的確に言いあてたりと、その手の逸話に事欠かない子供だったんだそうです。

しまいには評判を聞きつけた尼さんや祈祷師が「弟子入りしてくれないか」「うちに預けなさい」と頻繁に家を訪ねてきて、家族は断るのにたいへん難儀したようです。

と――そんな話を数年前、法事の席で酔った父がおもむろに告白しましてね。

伯母を「すこし皮肉屋だけど聡明な女性」としか思っていなかった私は、たいへんに驚いてしまったわけです。もっとも当の本人は「勝手に周りがあれこれ言ってただけよ。いまじゃ、視えるどころか老眼で大変なんだから」と笑っていました。

でも、私はひそかに「伯母さん、まだ視えるんじゃないか？」と睨んでいたんです。

実は先日——それを証明する絶好の機会に恵まれまして。

たまたま伯母が我が家へ遊びにきたおり「今度、怪談会に行くんだ」と伝えたところ、「わざわざお金を払わなくても、お化けなんて見放題なのにね」なんて、うっかり口を滑らせたんですよ。

お、これはまさしく視える人の感想じゃないか——。

思わずテンションの上がった私は、伯母にいろいろ質問して、そのときの遣りとりを録ることに成功したんですよ。あの、ちょっと音声を流してもいいですか。

（話者、スマートフォンにマイクを近づける）

「ちょっとなに、どうして録音なんかしてるの？」

「まあまあ、あまり気にしないでいいから」

「……あなた、怪談会とやらで使うつもりでしょ？　でも[redacted]ちゃん（筆者注：話者の本名と思われる）さ、お客さんとして行くんじゃないの？」

「怪談を話すチャンスがあるかもしれないんだよ。ともかく、まずは話を聞かせてよ。伯母さんって視える子供だったんでしょ？」

「さあねえ。大人たちが騒いでいただけで、こっちは迷惑だったけど」

「いまも視えることはあるの？」

「その件についてはノーコメント、個人情報ですから」

「ちょっと、真面目に答えてよ」

「あら、どう答えるかはこっちの自由でしょ」

「……だったら質問を変えるけど、お化けに遭遇したらどうすれば良いと思う？」

「どうって……別に、なにも心配することないんじゃない？」

「ほら、やっぱり視えるんだ」

「なにそれ、どうしてそういう結論になるのよ」

「だっていま〝心配ない〟ってあっさり断言したじゃん。ねえ、そろそろ本当のことを教えてよ」

（ため息と思われるノイズに続いて、数秒間の無音）

「……容姿がはっきりしている連中はね、自分の存在をアピールするために姿を見せているの。逆にいえば誰かに認識してもらえば満足するのよ。だから顔を見たくらいじゃなんの問題もないわけ。どう、満足のいく答えだった？」

「……あのさ、ちょっとニュアンスが引っかかるんだけど」

「なにさ、ニュアンスって」

「伯母ちゃん、いま〝顔を見たくらいじゃ〟って言ったでしょ。ってことはさ、もしも顔以外を見ちゃった場合はどうなの？」

（十秒ほど無音）

「……[redacted]ちゃん、怪談会に行くんだよね。それじゃ、これから話すことをお客さんに伝えてもらえるかな。知っていて損はないはずだから」

「わか（ノイズで聞きとれず。同意したものと思われる）るよ」

「いま言ったとおり、お化けの顔を見ても問題なし。全身を目撃しても、まあそれほど害はないかな。でもね、手は駄目」

「手って（ノイズで聞きとれず）」

「そう。手を目撃したときは、すぐ逃げなさい。なるべく遠くに。できるだけ急いで」

「なんで？　なんで手はマズいの？」

「顔や全身は〝俺を見てくれ〟だって言ったよね？　連中はね、その目的に応じた姿で出てくるの。つまり……手の形をしているモノは、相手を捕まえることがめあてなの。自分たちのところへ引きずりこもうとしてるの」

「でも〈トンネルで、車の窓に手形が……〉みたいな話、けっこう聞くじゃん。あれは、自分に気づいてほしくて跡をつけようとしてるわけでしょ？」

「跡をつけるのが目的じゃないの。こっちを狙って、結果的に痕が残ってるだけ」

「あ、なるほど。そういう解釈なんだ」

「解釈っていうか、経験に基づくノウハウってところかな」

「……伯母さん、やっぱりいまも視えてるんじゃん」

「ノーコメント。さあ、そろそろ録音を止めたほうが良いと思うけど」

（話者、スマホを停止してマイクを持ちなおす）
と――そんな出来事が、つい昨日ありまして。

はい、昨日の出来事です。私が伯母に告げた怪談会って、この催しなんですよ。

ですから、今日お集まりのみなさん——帰り道で手を見かけても、絶対に近づいたりしないでくださいね。すぐに逃げてくださいね。

私の話は、これで終わりになります。どうか気をつけてお帰りください。

★読者アンケートのお願い

本書のご感想をお寄せください。
アンケートをお寄せいただきました方から抽選で
5名様に図書カードを差し上げます。
（締切：2024年12月31日まで）

応募フォームはこちら

怪談怖気帳 地獄の庭

2024年12月6日　初版第1刷発行

著者……………………………………………………………………………黒木あるじ
デザイン・DTP ……………………………………………………………… 延澤 武
企画・編集 …………………………………………………………………Studio DARA

発行所…………………………………………………………………… 株式会社 竹書房
〒102-0075　東京都千代田区三番町８－１　三番町東急ビル６F
email：info@takeshobo.co.jp
https：//www.takeshobo.co.jp
印刷所……………………………………………………………… 中央精版印刷株式会社